Gorch Fock

Schiff ahoi!

Ausgewählte Erzählungen

Gorch Fock

Schiff ahoi!

Ausgewählte Erzählungen

ISBN/EAN: 9783954272532
Erscheinungsjahr: 2013
Erscheinungsort: Bremen, Deutschland

© maritimepress in Europäischer Hochschulverlag GmbH & Co. KG, Fahrenheitstr. 1, 28359 Bremen. Alle Rechte beim Verlag und bei den jeweiligen Lizenzgebern.

www.maritimepress.de | office@maritimepress.de

Bei diesem Titel handelt es sich um den Nachdruck eines historischen, lange vergriffenen Buches. Da elektronische Druckvorlagen für diese Titel nicht existieren, musste auf alte Vorlagen zurückgegriffen werden. Hieraus zwangsläufig resultierende Qualitätsverluste bitten wir zu entschuldigen.

Coverfoto: Alexander Dreher/pixelio.de

Schiff ahoi!

Ausgewählte Erzählungen von Gorch Fock.

Verlegt bei M. Glogau jr. Hamburg

Schiff ahoi!

Schiff ahoi!

Ausgewählte Erzählungen

von

Gorch Fock

1. — 23. Tausend

Hamburg 1918
Verlag von M. Glogau jr

Inhaltsverzeichnis

	Seite
Hornsriff	5
Eine Weihnachtsfuhrt	15
Kontorgedanken	31
Hans Hinnik	40
Den Seilmoker sin Piep	59
Biblische Geschichte	71

Hornsriff

In Bergen, zwar nicht dem Hamburg, aber doch dem Altona des Nordens, hatten wir den Abend vorher Abschied von Norwegen genommen. Unbeirrt und unerbittlich wies das Bugspriet unserer schwanenweißen Lustjacht „Meteor" nach Süden und drängte eine Seemeile nach der andern zwischen die Welt der Edda und uns, ob ich gleich im geheimen bettelte und wimmerte: Kein Ende, kein Ende!

Wir hielten uns an der Windseite des Wandeldecks auf — to Luv — und standen im Zeichen des Schuffleboard. Die blonde, seegebräunte Alsterhamburgerin, die sonst um diese Zeit mit ihrem Indianerboot beim U. F. zu rudern pflegte, spielte mit mir gegen die gnädige Frau Horchmüller, die in einem fort von ihren vortrefflichen Ponys erzählte, und gegen Herrn Chen, der beileibe kein Chinamann war, sondern aus der Porta=Nigra=Stadt stammte und seinen Spitznamen von der moselfränkischen Verkleinerungssucht bekommen hatte, mit der er von Schuhchen, Leutchen, Bootchen,

Wellchen, Dampferchen, Schiffchen und anderen Dingerchen redete. Grün geht an Bord vor Rot (das Steuerbordlicht ist grün, die Steuerbordwache aber ist die bessere, weil He dortoheurt, de Koptein, unsreres Herrgotts Stellvertreter auf den Planken) — deshalb hatten wir von der Wasserkante die grünen Scheiben genommen. Und die Steuerbordfarbe brachte uns wirklich Glück, so daß wir die besten Felder besetzen und behaupten konnten, bis mit einemmal das Vorzeichen zum Hauptmahl erklang und unsern Siegesplan durchkreuzte. Die Spielerinnen stellten eilig die Schaufeln hin und huschten nach ihren Kammern hinunter, um sich mit Hilfe der Stewardessen umzuziehen. Auch wir Herren mußten der Bordsitte nachkommen und uns gesellschaftsfähig und gesellschaftswürdig machen. Während ein Matrose die Gerätschaften nach dem Trockenraum trug, warf ich vom Achterdeck einen langen Blick über die See, auf der eine ziemlich hohe Dünung stand, die Folge eines vorhergegangenen schweren Südweststurmes, und suchte dann meine Kammer auf.

Die Lackschuhe, an denen mein Kammersteward sein Meisterwerk vollbracht zu haben schien, warteten schon draußen auf mich. Ich erfaßte sie behutsam, hakte die Tür auf und betrat mein kleines, wohnliches Gemach, riegelte ab und zog die weißen Bordschuhe und den Deckanzug aus, um dafür in den Smoking und die Erde und Himmel widerspiegelnden Lackschuhe zu gleiten. Nach einem Blick in den Spiegel rannte ich nach vorn und besuchte den Schermeister. Als ich wieder vor dem Spiegel stand, war ich mit mir zufrieden. Es ging so für den Freitag.

Mit der gleichgültigen Miene eines Weltbummlers, der nicht nur Rom, Neuyork, Honolulu und die Pyramiden, sondern auch die Taj Mahal, den Näröfford und die Reeperbahn hinter sich hat, betrat ich nach dem zweiten Hornruf den Speisesaal und schritt über den weichen Teppich auf meinen Tisch zu. Der erste Tischsteward hatte meinen Stuhl schon gedreht, ich ließ mich gleichmütig nieder, indem ich meine Nachbarschaft freundlich und wohlerzogen begrüßte, breitete die Serviette nach Tanzstundenvorschrift über die Knie, schrieb eine halbe Oppenheimer auf, ließ die Blicke über die Speisekarte wandern und hielt das Glas gegen das Licht, als ob ich wirklich etwas vom Wein verstünde. Ich ließ mich vor meiner Nachbarin in ein Gespräch über Nietzsche hineinziehen und blickte dabei über den glänzenden Speisesaal, der mit seinen weißen Wänden, dem schimmernden Silber, dem rotverhängten Lampenlicht, den farbenfrohen natürlichen und künstlichen Blumen, den lachenden australischen Aepfeln, den dunkelroten spanischen Orangen, dem funkelnden Wein und dem perlenden Schaumwein wirklich vergessen ließ, daß wir dreißig Faden Wasser unter uns hatten und auf der grauen Nordsee schwammen. Unsere gnädigen Frauen und Fräulein (wir haben nur gnädige an Bord!) überbieten einander an Schönheit, Anmut und Liebenswürdigkeit. Wie die Augen blitzen, wie die Haare glänzen, wie die Wangen sich gerötet haben, wie hell das Lachen über die Tische klingt! Wie die Ringe, Ketten und Armbänder das Licht auf sich ziehen! Welche Anmut und Dichtung liegt in dem Neigen der Köpfe, in den Bewegungen der Arme! Die kleine Flämin ist kaum wieder zu erkennen: aus der unscheinbaren Raupe ist ein bunter Schmetterling geworden. Die lebhafte Wienerin trägt das dunkle Haupt wie eine Königin und der Nacken der schönen Mecklenburgerin ist „weiß wie eines Denkmals Alabaster", was auf Shakespeare zurückgeht. Des Hausmaklers weiße Brust nimmt es mit norwegischem Firnschnee an Reinheit auf. Der Freiherr von Undzu sieht aus wie ein Graf, der gefürstet zu werden verdient.

Ich löffle die Suppe, die nach Karl dem Großen benannt ist, und schweife von Nietzsche zu Dehmel hinüber, während mein Nachbar zur Linken, der niederbayrische Brauer, mir zum zehnten Male das Rudel wilder Renntiere vorführt, das er droben auf dem Fjeld hinter Marok gesehen haben will, obgleich ich nur an das Rudel zahmer Rentiers hier an Bord glauben kann. Der Kabeljau nach Diepper Art erscheint auf der Tafel und mein Gegenüber, der ewigknipsende Oberlehrer, der Ballin wegen des fehlenden Bindestrichs in der Hamburg=Amerika=Linie gram ist, leitaufsätzelt abermals über den Drang der Deutschen nach der See und spielt mit dem griechischen Jubelruf „Thalatta", der eigentlich bald mit Zwangsarbeit bestraft werden müßte.

Tafelmusik fehlt uns natürlich auch nicht. Lohengrin spielt sie. Leise hebt und senkt sich unser Schiff, wiegt und schwingt uns wie in Schlaf und Traum. Mein Blut wogt mit und gibt mir einen schönen Traum ein von müheloser Meerfahrt im Smoking, während die Stewards lautlos die Teller wechseln, die Musik aus Verdis Rigoletto spielt und das gnädige Fräulein mich über Morgenstern und Mombert zu Rainer Maria Rilke geschleift hat.

Meine Lordschaft paßt mir wie der Smoking, ich gehöre zu dem Geschlecht, das im Hellen sitzt und aus dem Vollen schöpft, und spiele meine Rolle mit großem Behagen, wenn auch Grabbes Mephisto spöttisch am Fockmast lehnt und mir zublinzelt: Da ist es, wo die Menschheit glänzt, beim Schein der Lampen oder der Raketen!

„Was für ein Schiff ist das?" fragt die Lyrische mich. Ich habe gerade mit einem jungen Vierländer Küken zu tun, stehe aber als höflicher Mann auf und blicke aus dem Bullenauge.

Kenn' ich dich, Schiff? Ja, ich kenne dich!

„Hornsriff-Feuerschiff," sage ich gleichmütig und setze mich wieder, um weiter zu essen. „Ein oller Seemann von Anno Tobak," setze ich lächelnd hinzu. . . . „Vor der jütischen Küste, querab von Esbjerg . . . nein, Land ist nicht zu sehen, ist noch 25 Seemeilen entfernt . . .

Wie? ... Etwa hundertfünfundzwanzig Seemeilen bis zur Elbmündung noch ..."

Hornsriff!

Ich stehe wieder auf und blicke abermals durch das runde Fenster mit dem blanken Messing wie durch einen goldenen Ring nach dem roten, unscheinbaren Anderthalbmaster, der in der Dwarsdünung liegt und weit überholt. Es kommt mir vor, als ob er den Kopf schüttelte und sagte: Es ist Betrug! Du betrügst die See! Dir gehörten hier nicht Smoking, nicht weiße Weste, nicht Lackschuhe: das ist Betrug: dir gehören hier Oelrock und Isländer und Seestiefel! Irre dich nicht; nicht diese weiße Vergnügungsjacht, deinen Schwan, wie du ihn nennst, dürftest du unter den Füßen haben, sondern du mußt auf einem kleinen, armseligen Fischerfahrzeug stehen! Nicht dieser hochzeitliche Speisesaal: die enge Kambüse paßt zu dir! Und nicht diese Speisenfolge bis zum Nachtisch hinunter: ein Knöbel Roggenbrotes, eine Pfanne gebratener Klüten und eine Muck schwarzen Kaffees! Fürst=Pückler=Eis? Eis in Eiskisten, schmutzig vom Schleim der Steinbutt und Zungen! Musik aus dem Troubadour? Gedonner der Schoten, Geknarr der Gaffeln, Gequiek der Giekbäume! Neben einem schönen Mädchen sitzest du und sprichst über neue deutsche Dichtung? Weißt du, wo dein Platz ist? Unter dem Besahnsegel am Ruder, hinter dem Kompaß! Dort mußt du drei Stunden wachen und steuern, allein auf dem einsamen Meer, und deine Augen zwischen dem Wasser und den Segeln und der Windrose hin und her wandern lassen! Fischen und kreuzen mußt du hier — was du tust, ist nichts als Betrug!

Hornsriff? Ja — Hornsriff! Ich bin Hornsriff! Besinn dich dieser Gründe, dieser Gewässer! Hier sprang der Wind jäh um und der Wind wurde zum Sturm und der Sturm wurde der grauen Hamburger Kuff und ihren Menschen über; hier ging der Großmast über Bord, hier flog die Besahn weg, hier steckten sie die Schiffspapiere in die Binnentaschen, als der Tod sich riesengroß erhob. Und hier gingen sie unter, dein Großvater, dein Oheim und der Pellwormer: dieselben Seen, die dich jetzt geruhig wiegen, gingen ihnen über den Kopf hin und spielten mit den aufsteigenden Bläsen. Keine hundert Faden von hier zog der Bremerhavener Fischdampfer ein und hatte einen halben Kurrbaum im Netz, der die Zeichen H. F. 54 trug. Dort ist Hans Hinniks Kutter kopfheister gegangen, dort schwamm Hans Hinnik in der kochenden See, Hans Hinnik, den du manchmal in stiller Seenacht angerufen hast, wenn eure Schiffe in Rufweite aneinander vorbeikreuzten. Was riefet ihr? Was de Fang?, wie die andern Fischer? Nein, ihr riefet: Magst noch leben? Magst noch fischen? — Dwars von hier ist eine andere Stelle! Dort hat die Fockschote den jungen Hein Mewes über Bord geschlagen. Du weißt, daß sein Vater deepdenkern darüber geworden ist und jetzt in der Irrenanstalt vor sich hinbrütet. — Nicht weit von hier trieb der entmastete

Ewer von Jan Külper in der haushohen See, drei Tage und zwei Nächte halb unter Wasser, bis der englische Fischdampfer ihn aufpickte. Jan Külper, der jetzt mit neuen Masten kurrt und fischt! Der der See nicht untreu geworden ist!

Das ist Hornsriff, nicht dieses Gesäusel und Gemäusel! Was siehst du das kleine Feuerschiff jetzt so minnachtig an? Erscheint es dir jetzt so klein? Als ihr damals in der Windstille mit hängenden, steilen Segeln vorbeitriebt, ihr windhungrigen Gesellen, erschien es dir doch groß und schön, wie es leicht und geruhig in der Dünung tauchte. Du verglichst es in Gedanken mit einem rotharigen, dänischen Mädchen auf der Langen Linie von Kopenhagen. Wenn ihr hier kurrtet, hat nicht dein Auge stundenlang an dem alten Feuerschiff gehangen? Abermals sage ich dir: Was du jetzt tust, ist Betrug!

Ich setze mich langsam nieder und sage: Schweig, Hornsriff! Als ich hier fischte in harter Mühsal, naß und verklamt, da habe ich mich gesehnt nach diesem großen, weißen Traumschiff mit seinen Lichterreihen und seinen wehenden Schleiern; jetzt, an Bord, soll ich mich wieder nach der bitteren Fischerei sehnen, nach den geflickten, griesen Segeln?

Darauf antwortet eine andere Stimme: Das sollst du! Als du in Molde vor dem Altarbild saßest, schlugst du das abgegriffene Salmenbog auf, das vor dir lag, und lasest: Mit Rige er ikke af denne Verden. Daran erinnere dich: Dein Reich ist nicht von dieser Welt! Du gehörst nicht zu Wein und Tafelmusik, nicht zu Schuffleboard und Schiffsliegestuhl, nicht zu Dinner und Lunch, nicht zu Smoking und Lackspitze! Du gehörst zu den Feuerschiffsmatrosen, die dort an der Reling stehen! Das sind deine Brüder, die dort auf dem Kutter die Fock fallen lassen, um die Kurre einziehen zu können! Das ist dein Volk, das dort auf dem Fischdampfer sitzt und die Schellfische zumacht, von Möwen umflogen, das in schwerer Arbeit die See pflügt! — Das ist deine Welt, deren braune Segel das Wasser beschatten, die plattdeutsch spricht und keine Lieder hat; deren Blutes und Sinnes bist du und wirst du ewig bleiben, Fock! Hier ist Hornsriff, die Grenze, hier beginnt **deine** Nordsee, tu ab den Traum und den Trug, denn dies ist keine Seefahrt und gar nichts!

Ich nicke meinem Tisch verloren zu und stehe auf. Als ich durch den Speisesaal gehe, kommt es mir vor, als wenn die Lichter trüber brennten und als wenn die Frauen geschminkt wären.

In meiner Kammer ziehe ich mich rasch um und gehe barhäuptig nach oben, vorbei an den Kreidefeldern des Schuffleboard, vorbei an der kaffeetrinkenden Gesellschaft in der Laube, vorbei auch an dem feiernden norwegischen Lotsen mit seinem landmaal=platt=
deutsch=englischen Universalkitt von Sprache wandere

ich, hinauf nach dem windigen Bootsdeck, auf dem sich niemand aufhält.

Ich stelle mich an das Geländer und blicke unverwandt nach dem kleinen Fischerkutter mit den braunen Segeln und nach dem roten Feuerschiff von Hornsriff und erwürge einen schönen Traum.

Eine Weihnachtsfahrt

Während eine Woge nach der andern schwer gegen den Schiffssteven stieß, als sei sie von Eisen, und die Sprühflagen heftig auf das Deck niederbatzten, als habe der gute, alte Heben ein Leck gekriegt: während das Wasser kochte und bruddelte und der gedrungene, grünbugige Fischerkutter bald trotzig und verwegen stampfte und bäumte wie ein junger Bulle, den die Jungen necken, bald auf und ab jagte wie ein armes Häslein, das sich von einer Rotte bellender, geifernder Jagdhunde verfolgt sieht, umstellt und umwütet, während Deck und Luken nichts als Schaum und Gischt waren, während die Schoten hart und ungestüm mit den Segeln kämpften und es von den Wanten, Fallen, Tauen und Giekbäumen troff und strömte, — lag Hein Gröhn wohlig gedehnt in der Knechtenkoje und ließ einen schönen Traum über sich ergehen.

Bei ihm war Sonntag und Kirmeß dazu, drüben auf der andern Seite der Elbe, zu Nienstedten. Um die grüngedachte Kirche heraum standen die Zelte und Reitbuden, wie Hein deutlich sah. Er hatte sein bestes blaues

Marinerzeug angezogen und segelte mit dem Boot bei gutem, raumem Wind hinüber. Vor ihm, auf der Mastenducht, saß Gesine Husteen, seines Schiffers gralle Deern ... Still war es und hell, und die Elbe ebbte ruhig mit ihren Dreuchewern seewärts. Gesine blickte ins Wasser und nickte ihrem Spiegelbild mitunter lachend zu. Sie war ganz in Weiß, recht wie eine Braut, und trug Kornblumen auf der Brust ... Gerade segelten sie über den Fall, und das Boot scheuerte ganz gemächlich durch die Binsen und das Reet — da dachte Hein, einen kleinen Streek zu machen, und er zog Gesine an sich, um ihr einen Süßen aufzudrücken ....

„Hein—n—n! Höh—h—h!" rief mit einemmal eine Stimme.

„Wokeen is dat bloß?" fragte Gesine und wollte ihm entschlüpfen, aber er ließ sie nicht los.

„Lot dat ween, keen't will," sagte er patzig und hob ihr das Kinn in die Höhe.

In diesem Augenblick aber hatte Klaus Fock, der Junge, das Gröhlen an Deck satt bekommen, er riß die Kap auf, kam holterdipolter die Treppe herabgestampft, schob kurzerhand die Kojentüren zurück und faßte den Träumer derb an.

„Is so wiet, Hein! Du müßt de Wacht nehmen!" rief er, und der Nienstedter Kirchturm kam Hein Gröhn mit einemmal aus Sicht.

„Jo, jo!" knurrte er.

Das hörte sich keineswegs freundlich an, aber der Junge verlangte auch keine Freundlichkeit von ihm; der schrob die Lampe hoch und suchte im Brotschapp nach dem Roggenknust.

„M—m! Kinners! M—m!" ... damit schwang Hein sich schwerfällig aus der Koje, setzte sich auf die Wandbank, die den Wandbetten halbmondförmig vorgebaut war, und langte nach den Seestiefeln und nach Oelrock und Südwester. Weiteres anzuziehen hatte er nicht nötig, denn die Seefischer schlafen während der Fahrt in voller Kleidung, damit sie jeden Augenblick klarstehen können, wenn es nötig sein sollte.

„Wo lot is't, Klaus?"

Der Junge, der sich freute, daß er nun schlafen konnte, begann im Nachtwächterton zu singen: „De Klock is twee, twee is de Klock."

Das war schiefer Wind für den Knecht.

„Non, non, denn hebbt wi dat jo all. Weest, wat wi schriewt, Klaus? Den 24. Dezember! Wihnachten is't, Wihnachtenobend! Nu kunnen wi bi Hus wesen un nu müßten wi bi Hus wesen — un woneem sünd wi?"

„Achter't Land," war Klausens seefischerliche Antwort.

„Achter Hilgoland, fühst du woll! Un de Wind steiht noch eben so scheef üm de Huk?"

„Is noch scheeber worden!"

„Ooskroom dat. Schiet! Denn könnt wi de Elw nich holen, denn geiht dat heuchstens no de Wesser. Wih= nachten up Bremerhoben, in 'n Tingeltangel!"

„Ik wür ok leeber bi Hus, güng giern mol obends no Kark. Dat is so scheun, wenn all de Lichten brennt," sagte Klaus verträumt und guckte sehnsüchtig in das eine kleine Lampenlicht hinein, das noch dazu recht trüb brannte.

„Un he dor boben, wat uns Käppen is, de steiht troß an't Ruer un lett em klüsen, wat? Vogel hett he, wieder nix," rief Hein ärgerlich, schlug mit der Faust auf den Tisch und begab sich hinaus.

Der Junge aber zog die Decke über die Ohren und högte sich über ihn.

* * *

Mit dem brummigsten Gesicht von der Welt turnte der Knecht an den Wanten entlang nach dem Besahn= mast. Auf seiner Unterlippe hätte ein Schock Hühner Platz gehabt, so weit war sie vorgeschoben.

Es war aber auch eine Gelegenheit danach! Ein Wetter, um Pferde zu stehlen, aber nicht um zu segeln und zu fischen!

Ein steifer Wind heulte in Flagen durch die Wanten und es goß in Strömen, wie aus Schlachtermulden. Der Kutter lag sehr schief vor dem gewaltigen Druck des Windes und holte weit über, spuddderte und schüttelte sich wie ein Hund, der aus dem Wasser kommt, dann nahm er wieder die Seen an und wühlte sich seinen düstern, wetterleuchtenden Weg wie ein Torpedoboot.

Am Ruder stand Harm Husteen, der lange, breitbeinig und ließ die Augen zwischen den Segeln und der See hin und her springen. Klöternaß war er, wie ein Seehund, aber seine Laune hatte das noch nicht verwüsten können.

„Solang ik leew, solang lach ik!" war sein Spruch, den er auch im Sturm nicht vergaß.

„Meun, meun, lütt Hein," lachte er seinem Bestmann entgegen. „Hier ward 'n warm bi, kann ik di seggen! Kiek mi mol in de Snut!"

Sein Gesicht glänzte im Schein der Kompaßlaterne auch wirklich sehr, aber Hein sagte trocken: „Jo, jüst as 'n Sirupskringel sühst du ut!" und ergriff eine Kette, um einen Halt zu haben, wenn etwa eine Sturzsee anbrüllen kommen sollte.

Für eine Weile halloten und hurraten wieder Wind und Wasser allein. Aengstlich knarrten die Gaffeln, und der Regen rauschte gegen die schwarzen Segel. Ueber den Setzbord aber prieselte und schwappte das Wasser.

Harm im Steuergang watete immer knietief im Wasser, denn die Löcher konnten es nicht schlucken.

„Hein! Lütt Hein, mok nich so'n dumm Gesicht. Wenn de See di wat dohn will, stoh ik di bi! Wees man nich bang!"

„Bang? Ik bin nich bang!" schnauzte der Knecht und setzte mit Nachdruck hinzu: „Ober hier up See rümswalken un Seils twei rieten, dat deiht ok jüst nich neudig! Anner Lüd sünd binnen."

„Teuf't man af, lütt Hein! Bums, ward't stiller, wi sett de Kurr ut un fischt uns 'n scheune Reis," lachte Harm.

„Och wat," gnitzte der Knecht und nahm die Kette kürzer, denn die Seen wurden naseweiser.

Es war, als wenn ein großer Herr Jagd abhielte auf der nachtdunkeln Nordsee. Wie spürten und schnupperten, wie sprangen und kläfften seine Hunde, wie lärmten seine Treiber!

Hein packte wieder der Aerger.

„Dreih doch üm, Mann! Wat schall so'n Fohrt? Hier is nix mehr to beschicken!"

Harm aber sagte gelassen:

„Bün ik Schipper, lütt Hein, oder du?"

Da drehte Hein sich wieder um und dachte sich seinen Teil.

Es kam dem Wind bei, noch mehr als bisher nach Norden zu laufen. Die See wurde gröber und ochsiger als zuvor. Auch kälter wurde es, der Heben wurde dunkler, bezog sich mehr und mehr und mit einemmal fing es an zu schneien. In langen, nassen Flocken streute, schleuderte der Wind den Schnee herab. Deck und Luken hielten die Wogen blank, aber die Masten, das Boot und das Nachthaus bestellten sich weiße Litzen und bekamen sie.

„Nu ward't Wihnachten!" gröhlte der lange Schiffer.

„Wihnachten is jo all bald vörbi," erwiderte der Knecht giftig und wischte sich die kribbelnden Flocken mit dem Fausthandschuh von der Nase.

„Non, denn fang man an to bölken," riet der Schiffer.

Der Knecht brummte etwas Unverständliches von der Art des braven Hummels.

„Du sühst ut as 'n Sneekirl, lütt Hein. Junge jo, dat ward fix sneen. Wenn't so bi bliwt, rüscht de Jungens morgen den Diek hindol mit jümmer Kreeken un Peeken."

Da begehrte Hein wieder auf.

„Jo, un allerwärts brinnt de Dannenbäum. Bloß wi sitt 't in'n Düstern!"

Harm kriegte das Lachen wie einen Hustenanfall.

„Dreug de snapplangsten Tronen man af, lütt Hein. Ik back di ok 'n poor Poppen in uns ol Klütenpann, schallst mol sehn, wat de fein smecken ward. Un in 'n Düstern sitt wi noch lang nich. Lichten genog: Kiek di üm: een geel hier blangen den Kumpaß, rot un greun an de Wanten, in Lee dat witte Hilgolanner Für! Jowoll, jowoll: up See is't ok Wihnachten. Un du schallst Kojees speelen, du schallst de Wihnachtsmann warrn, lütt Hein. Mit so 'n Gesicht kannst du ok grote Lüd bang moken."

Der Knecht trat einen Schritt stevenwärts und zog den Südwester tiefer ins Gesicht, aber er erwiderte nichts darauf.

„Du büs jo bannig dull no de Elw, lütt Hein! Hest woll dien feute Melkdiern versproken, Wihnachten bi ehr to flopen!" stichelte Harm — und da ging es dem Knecht wie Flutstrom durch den Kopf: nun sprichst du, nun sagst du, wie es steht, er mag es aufnehmen, wie er will, und sagen, was er Lust hat. Heraus muß es sowieso: da wird es das Geratenste sein, daß es jetzt geschieht — auf See! Düster ist es auch, so daß er dein Gesicht kaum erkennen kann. Sagt er ja, gibt es eine Bratenhochzeit bei Trina Pnitten (Mest un Gobel mitbringen!), sagt er nein, gehen wir zu Peter Fick und mustern komodig ab.

„Dat hebb ik ok!"

Der Schiffer schlug einen bedauernden Ton an: „Och, och, och! Jo, lütt Hein, denn büst du to bedurn, hier buten up See. Ober ik gläuw dat nich, nee, ik gläuw dat nich, du wullt mi wat upbinden. Wokeen schull di woll nehmen? Wokeen schull den lütten Hein Greuhn woll lieben mögen?"

So hatte der lange Harm schon öfter gefragt und gespottet, seit die beiden zwischen Fanö und Borkum die Schollen und Zungen belauerten und den Meeres= grund eggten: — diesmal aber guckte Hein scheinbar angelegentlich nach dem Helgoländer Feuer und sagte halblaut:

„Dien Gesine, wenn't weeten wullt!"

Harm sollte es hören, er hörte es auch.

Zunächst luvte er etwas mehr auf, damit der Kutter einen steifen Nacken bekam, denn er war auf den Stoß bedenklich tief gefallen.

„Mien Gesine, seggst du?"

„Jo, de is mien Brut all twee Johr!" rief Hein durch den Wind und machte ein Gesicht wie sein Vater, wenn er Kleeberbauer beim Skat ausspielte.

„Grot Husteen un Lütt Greuhn: dat is jo 'n scheune Taß Tee," rief Harm. „Un dat seggt ji nich?"

Hein nahm es für Ernst.

„Wihnachten wulln wi't seggen," gab er zur Antwort.

Harm guckte geschäftsernst auf den zitternden Kompaß. „De Wind löppt jümmer mihr nördlicher," sagte er mehr zu sich selbst und setzte die Stroppen um, mit denen er dem Helmholz Gewalt antat. Darauf hielt er scharfen Oberkiek über Luv und Lee, als müsse irgendwo etwas geschehen sein. Das war eine Sache, die sich neben dem weißen Kachelofen in seiner Dönß am Deich weit besser hätte abmachen lassen, als hier in der Nacht achter Helgoland.

„Wat hest du denn nu för 'n Antwurt?" fragte der Knecht halb abgewendet.

„Du meenst woll, ik schall Jo un Amen seggen, wat?" fragte der Schiffer dagegen.

„Dat dachten wi, Harm," sagte Hein fest.

„Kiek an: wi! He un se! Herr un Madam! Nee, Moot, so licht i—st se nich bi Gierd Eißen. Wat hest du, wat kannst du?"

„Fischen kann ik!"

„Stimmt, seggt Eddelbeutel! Fischen! Un wo lang büst du bi mi? Dree Johr!"

Da erwachte aber der Troh des Knechtes und er ward der Bemerkungen satt.

„Segg jo oder nee, Harm. Anners kannst di anner Reis 'n annern Knecht seuken!"

„Höh, höh: so kreiht de Hohn?"

„So kreiht he!"

So auf den Stuh wollte das Hahnenkrähen dem langen Schiffer aber noch nicht in den südwesterbedachten Kopf, er blickte erst noch einigemal scharf nach der Grotgaffel hinauf und stellte sich einen halben Schritt weiter nach Steuerbord hin. Er schob das Büffelhorn, das sonst den Daak verschrie und nun im Nachthaus stand, etwas weiter in die Ecke, damit es nicht herausfallen konnte. Schließlich wrang er umständlich seine Fausthandschuhe aus.

Dann aber war er soweit fertig, daß er sagen konnte: „Denn sot man mol dat Ruer an!"

Sie lösten einander ab.

„Fischen können un Dierns lieden mögen, is nich genog, lütt Hein! Bang döt de Minsch nich warrn un wogen mütt he wat!"

„Dat vertill dien Grotmoder, mi brukst du dat nich to seggen," brauste Hein auf, aber Harm beschwichtigte ihn, indem er sagte:

„Hein, hür to: 'n ornlichen Kirl, oder 'n Kirl un 'n orntlichen, de kriegt mien Diern un wenn he wieder nix hett as Himd un Bür. Mol fehn, wat du kannst! Bit morgen stürst du dat Fohrtüch alleen un wenn wi denn den Kupp noch boben hebbt un hebbt noch all de Seils, denn snackt wi wieder öber Brut un Brögam. Gunnacht, lütt Hein."

Damit ging der Schiffer schlauen Gesichts nach vorn und kletterte unter Deck.

* * *

Hein blieb allein am Ruder und guckte verwundert nach der Kap. Was hatte das zu bedeuten? Hinter dieser Rede und hinter dieser Nachtwache steckte etwas Besonderes, oder er kannte den langen, streichelustigen Harm Husteen erst seit gestern. Nachdenklich guckte er über See und Schiff und mit einemmal lachte er herzhaft auf, denn nun wußte er Bescheid.

Fester umklammerten seine Hände das Helmholz des Ruders, dann paßte er einen flauen Augenblick ab und löste in frohem Trotz die Stroppen . . . .

* * *

Wie Meister Reinecke in seinem Bau, so saß der Schiffer drunten in der Kajüte auf der Bank, trank schmunzelnd aus seiner blaugeränderten Kaffeemuck und lauerte.

Er meinte die Sache gut eingefädelt zu haben. Hein war ihm gar nicht unpaß als Tochtermann, er war ein sturer Fischer und auf See und an Land gleich gut zu gebrauchen — aber gleich merken lassen? Hein konnte den halben Kutter bekommen und um das Halbe mit ihm fahren — aber gleich sagen? Nein: erst wollte er sehen, ob Hein plietsch genug war, Gedanken zu lesen.

Im Bett aber lauerte es sich besser, wie ihm einfiel, und er zog die Stiefel aus, legte das Oelzeug ab und packte sich in die Koje.

Siehst du woll, hätte er beinahe laut ausgerufen, als die Schoten wie wahnsinnig mit den schweren Blöcken zur Kehr gingen und er an diesem Zeichen merkte, daß Hein aufluvte. Sie rissen und schlugen noch erregter — die Segel erhoben großen Lärm, die Gaffeln knarrten heftig, das Schiff tauchte ungestüm und wild auf und ab. Harm wußte, daß der Kutter in den Wind gelaufen war, und richtete sich jählings auf. Wenn es nicht klarging, wenn es der tollkühne Knecht in Fock und Besahn versah? Sprungbereit wollte er jedenfalls sein!

Harm flog beinahe aus der Koje, als die Giekbäume nun überwuchteten und der Kutter den andern Bug nahm.

„Gotts verdori, he hett 'n rüm," rief Harm anerkennend, dann aber sprang er doch aus der Koje, denn der Kutter fiel schief, als liege er platt auf der See, und als könne er nicht wieder in die Höhe kommen. Es ging verkehrt, es ging verkehrt! Er mußte helfen, mußte an Deck! Rasch suchte er die Stiefel her, aber kaum daß er sie anhatte, da richtete das Schiff sich langsam und hoch auf. Das Wasser gurgelte und kochte heftiger vor dem Steven, aber das Dümpeln wurde minder. Stetig wogte der Kutter hin und her, als schöben die Seen ihn wiegend vorwärts.

Harm zog die Stiefel wieder aus und stieg abermals in die Koje.

Was war geschehen?

Der Knecht hatte gewendet, hatte den Kutter in der schweren See herumgekriegt, ein gefährliches Wagnis! Ohne einen Mann bei der Hand zu haben! Statt nach der Doggerbank, wies das Bugspriet nun nach Südosten. Mit raumen Schoten klüfte das Fahrzeug auf die Elbmündung zu, der Weihnacht entgegen.

Meuterei war's! Harm Husteen strich mit der Hand über die Bartstoppeln und überlegte, was er tun sollte. Diese Kühnheit hatte er Hein nicht recht zugetraut, aber gedacht hatte er doch daran, als er ihm das Ruder übergeben hatte! So ein Gedankenleser! So ein Kerl! Er wollte an Deck und losballern, Hein abkanzeln! Oder sollte er hinaufgehen und ihm sagen: Dat hest god mokt? Das ging auch nicht .... Aber getan werden mußte etwas, das fühlte er, und weil der Kalender schon abgerissen war, weil er die Uhr schon aufgewunden hatte und weil er sonst kein Stück Arbeit in den Ecken liegen sah, so weckte er in seinem Eifer den armen Jungen, der an der ganzen Sache doch gewiß am unschuldigsten war.

„Wat is dor los?" fragte der schläfrig.

Ja — das war nun eine Frage besonderer Art. Was war da los? Harm besann sich.

„Du kannst vunabend Wihnachtsmann speelen, Klaus," sagte er dann eifrig.

„Dat harr ik morgen ok noch freuh genog to weeten kregen," knurrte Klaus und setzte hinzu: „Hier an Bord oder to Bremerhoben?"

„Nee, Klaus, an'n Elwdiek. Wi hebbt em iüm‍kreegen. Morgen sünd wi bihus."

„Non, denn speel ik Kojees," sagte Klaus befriedigt und legte sich das Kopfkissen zurecht.

* * *

Hein Gröhn aber sang in dieser stürmischen Nacht laut alle Lieder, die er wußte. Er sang nur, wenn es laut in der Luft und auf dem Wasser war und wenn er allein an Deck stand, sonst nicht. So tun viele un‍serer Fischerleute, und es ist seltsam, sie beim Fischen oder beim Segeln in der Einsamkeit der See laut singen zu hören . . . .

Als der Morgen graute, kamen die Feuerschiffe in Sicht. Neuwerk, Scharhörn, Kugelbake, die alte Liebe, Buschsand, alles wurde schnell passiert. Der Kutter flog wie eine Seemöwe vor dem Winde. Harm aber war noch nicht an Deck gekommen.

Unter schweren Flagen wühlte der Kutter weiter. Die Oste, Altenbruch, Balje, Brunsbüttel kamen zum Vor‍schein. — Harm blieb unsichtbar. Der Zollkreuzer kam längseite, und die Beamten ließen sich von Hein, den sie für den Schiffer hielten, den Proviantzettel ausfüllen. Klaus machte Schollen zu und schälte Kartoffeln.

Harm stieg nicht aus der Koje und Hein ging nicht vom Ruder, auch fragte keins nach dem andern, obgleich doch der Junge bald oben war, bald unten, bald mit dem einen sprach und bald mit dem andern und sich sehr wunderte. Ueber den Knecht, der so lange das Ruder behielt, und über den Schiffer, der gegen seine Gewohnheit nicht aus dem Bett finden konnte.

Aber es war ein stillschweigendes Uebereinkommen zwischen Schiffer und Knecht. Sie trieben Komödie selbander und spielten Verstecken wie die Kinder in Heu und Stroh. Jeder freute sich insgeheim auf das Gesicht, das der andere machen würde, wenn die Geschichte an den Tag kam.

Zu Juels war es Mittag, und die von Klaus krosch gebratenen Schollen riefen. Aber auch sie konnten die beiden noch nicht zusammenbringen: Harm aß im Bett und Hein auf der Achterplicht.

Schon von der Lühe an flaute der Wind gehörig ab, und beim Swiensand verlor er seine ganze Kraft. Zugleich wurde es kälter und begann stark zu schneien.

Der Kutter verlangsamte seine Fahrt unter den Bergen immer mehr, so daß er Finkenwärder doch erst in der Dämmerung erreichen konnte. Blankenese hatte schon ein weißes Weihnachtsgewand übergeworfen, und die Elbe wogte dunkel und feierlich.

Die Glocken begannen zu läuten und zur Abendkirche zu rufen. Allerwärts glommen Lichter auf wie im Märchenland.

Der Deich war weiß wie eine Tischdecke, und alle Häuser grüßten mit freundlichem Schein über das Wasser.

So standen die Dinge, als Harm Husteen langsam an Deck kam. Er hatte die Glocken läuten hören. War das aber der große Lärmmacher von sonst? Es war wohl kaum möglich.

„Dat süht so ornlich no Wihnachten ut," sagte er ruhig und gelassen und wies nach dem Deich.

„Deiht't ok," erwiderte Hein ebenso ruhig und sah ihn offen an.

„Non, Klaus, denn lot den Draggen man fallen," rief Harm heiter, und sie machten sich schnell an das Dalnehmen der Segel. Zuletzt setzten sie das Boot vom Deck, packten Fische und Zeug hinein, kletterten nach und stießen vom Kutter ab.

Nach Seefischerbrauch hätte der Junge wriggen müssen, aber Hein nahm ihm den Riemen aus der Hand und tat sein Bestes.

„Du schipperst em to sinnig," lachte Harm in bester Laune.

Kontorgedanken

Wie Klaus Abenstaken nachdenklich vor dem großen Pfannkuchenberg stand, ehe er daranging, sich hindurch zu essen: so stehe ich sinnend und fragend vor meinem hoch= aufgeschichteten Haufen graubrauner Anmeldescheine, durch den ich mich hindurchschreiben und hindurchrechnen soll. Ueberall liegen die Blätter, auf dem Pult, dem Tisch, dem Sessel, in allen Schubfächern, allen Schieb= laden.

Das ist unser Kontor: nicht viel anders als andere Kontore: Pult an Pult, Bücher, Papiere, Schränke, Mappen, Landkarten, ein Plan vom Hafen, ein Bild oder zwei, riesige, ragende Weltmeerpflüger darstellend, alles sachlich und fachlich. Ein Kommen und Gehen, Räuspern, Schnaufen, Knarren der Böcke, das Geklapp der Bücher, das leise, einförmige Scharren der Federn, das Klingeln des Fernsprechers, aus dem Nebenraum der Lärm der Schreibmaschinen. An allen Pulten ge= bückte, schreibende oder rechnende Menschen, kaum einen Blick vom Papier verwendend, mit gleichgültigen, küh= len Gesichtern und kalten, glanzlosen Augen. Einer sieht aus wie Sankt Bureaukratius selbst. Guckt einer auf, so pflegt er höchstens nach der Uhr zu blicken.

Und doch wäre draußen etwas zu sehen. Dräuen einem auch von allen drei Seiten starre Häuserwände entgegen, graue, verwitterte, rauchgeschwärzte Mauern, blinde Fenster, schieferdunkle Dächer, so steht in dem Hof doch ein Baum, eine junge Linde, und zeigt ihr erstes, taufrisches Grün, ihre hellen Knospen, ihre zarten Blätter. Der Wind macht ein wunderliches Flimmern und Wachsen daraus. Die langen, biegsamen Zweige aber suchen zitternd und ratlos nach Luft und Licht. Auch ein Stück vom Himmel ist zu sehen, und das ist immer schön, ist immer ein kleines Wunder, ob es nun weiß oder blau oder grau oder gelb oder schwarz oder rot ist. Morgens kündet die Sonne sich an, dann beleuchtet sie die Westwand einen Augenblick, daß die Ziegelsteine goldene Ränder und Kanten bekommen, und der wankende Schatten des Rauches führt einen bunten Tanz auf. Nachmittags aber guckt sie selbst eine halbe Stunde über die Dächer und lacht und grüßt. Große und kleine Wolken kommen und gehen droben, bald sind es Gebirge mit Tälern und schneebedeckten Kuppen, bald schlafende Kinder, bald spielende weiße Vögel, bald sturmgepeitschte Schiffe. Dann wieder ein strahlendes, leuchtendes Blau.

Aber das wird keiner gewahr: sie sehen es nicht, oder wenn sie es sehen, wenden sie sich verdrossen ab. Sie schelten ärgerlich über die öde Arbeit, über das stumpfsinnige, blödsinnige Rechnen, über den mechanischen

Betrieb. So machen sie sich die Stunden grau und trüb und bleiern, lassen die Vorhänge herab und sitzen in halber Nacht, schließen die Fenster und atmen verdorbene Luft ein. Die Bücher und Blätter sind ihnen tot und kalt, sie arbeiten wie aufgezogene Uhren und sprechen beiseite von anderen Dingen, lechzen nach Unterhaltung wie trockener Schwamm nach Wasser.

Wie es zugeht, weiß ich nicht, aber sobald ich mich an mein Pult setze und mich über meine Bücher beuge, sobald ich des Berges von Scheinen ansichtig werde, lebe ich ordentlich auf, wird es in mir erst lebendig, machen meine Sinne sich wanderbereit, werden tausend Stimmen um mich laut. Eine Flut von Gedanken kommt herauf, eine Welt von Fragen und Erkenntnissen stürmt herein, wirft sich über mich und reißt mich mit fort. Frischer Wind erhebt sich und schwellt meine Segel, läßt meine Flagge lustig wehen. Kurzum, es ist ein Leben und Weben, ein Raten und Taten, daß ich Mühe habe, mich soviel zu wehren, daß ich ein leidlich geschäftlich-gleichgültiges Gesicht machen kann.

Wie der Baum mit allen seinen Blättern im Maienregen, so schauern all meine Sinne auf, wenn ich die Hände auf die vielen grauen Scheine lege. Dann ist mir, als zuckte tausendfaches Leben unter mir und ich meine, leise Stimmen zu hören, die fragen und klagen. Und es schlürfen in der Ferne wegmüde Füße.

Die Scheine vor mir sind Empfangscheine, Anmeldungen von Auswanderern. Auf jedem hat ein heimatgramer Fremdling seinen Namen, sein Alter, seine Lebensgeschichte geschrieben, sein Reiseziel angegeben. Wann und wo und wie, woher und wohin und warum. Grau in Grau: alles fährt unten im Zwischendeck. Die tiefe, graue Schicht, die braune Erde, der staubige Grund haben die Farbe dreingegeben. Damit bin ich seit vielen Wochen verwachsen, das ist mein Volk.

Die große Welt, wie ist sie hier so klein geworden, so stubenklein: die alte und die neue, Abend- und Morgenland überschaue ich hier, wie ein Kind seine Marmel, mit gespreizten Fingern reiche ich von Libau bis Montreal, von Genua bis Montevideo, von Hamburg bis Neuyork. So viele Fäden laufen hin und wider, zwar nur Spinnefäden, eben im Sonnenschein zu erkennen, aber so dicht beieinander, daß eine gleißende Brücke den Atlantik überwölbt, daß die ganze Welt umwoben und umsponnen ist.

Die verfallenen Lehmhütten Galiziens, die dichten, wimmelnden Städte Kleinrußlands, die Strohhäuser der polnischen Ebene, die Berglöcher der Herzegowina breiten sich auf meinem Pult aus. Grau behangen ist der Himmel, müde quillt der Rauch um die Dächer, träg schleicht der Fluß durch das Dorf. Da mit einem Mal fangen die Hunde an zu scharren und zu bellen. Unter den Menschen regt es sich. Da werden Fragen laut, da wird geguckt und gegrübelt, da wird gelaufen und gepackt, da bilden sich Gruppen. Und am frühen Morgen, im Dämmerlicht, zieht ein Häuflein fort, geht es den weiten, sandigen Weg nach dem entlegenen Bahnhof. Die Zurückbleibenden schauen ihnen sehnsüchtig nach und winken mit Händen und Hüten.

In der Gegend meines Tintenfasses qualmt Rauch auf. Da kommen die Eisenbahnzüge heran und rollen über Brücken und öde Heiden, durch dunkle Tannenwälder und hohe Städte —, und am Fenster stehen die armen Menschen und können es nicht begreifen, daß die Welt so groß sein kann. Neben meinem Löscher blinkt die blaue Alster im Sonnenschein, und die braunen Gesellen stehen am Geländer und gucken fremd nach den zierlichen Dampfern und nach den weißen, leuchtenden Segeln und nach den ragenden Türmen. Ganz im Westen, wo in der Schublade mein Frühstück ruht, da geht ein riesiger Dampfer seinen hohen, stolzen Weg: Amerika ist in Sicht gekommen: dicht zusammengedrängt guckt alles nach dem dunklen Streifen, der näher kommt und größer wird.

Was für ein krauses, buntes Durcheinander, was für Gestalten, was für Trachten, was für Sprachen. Juden, Polen, Kroaten, Russen, Finnen, Balten, Ruthenen, Letten, Serben, Bulgaren, Griechen, Italiener, Basken, Portugiesen, Madjaren, Türken, Tschechen, Armenier, Syrer, Mazedonier: in ihren Sprachen nur e i n gemeinsames Wort. das alle verstehen: Amerika! Amerika! Ein Weltmagnet, der alles an sich zieht, was los ist, was keinen Halt mehr hat. Die größte Masse muß ich im größten Fach unterbringen: Neuyork steht darüber geschrieben. Dahin muß ich fast alle Juden packen. Dieses Volk ist wahrlich ein sonderbares, wunderbares Volk. Gottessegen und Gottesfluch scheinen gleich stark auf ihm zu ruhen. Ahasver gleich muß es ewig wandern, findet es nirgends Ruhe, wird es durch die ganze Welt gejagt. Chaldäa, Kanaan, Aegypten, Babylon, Spanien, Rußland, Amerika: ein eigenartiger, lebensstarker Baum muß es sein, der so viel Versetzungen überwindet. Und wie es trocknen Fußes durch das Rote Meer ging, als Pharao es verfolgte, so zieht es jetzt trocknen Fußes über den Atlantischen Ozean und macht aus Neuyork ein neues Zion.

Wo irgend es gärt und schwärt auf der Welt: ich spüre es an meinen Scheinen deutlich. Von jedem großen Sturm streift ein Hauch meine Stirn, von jeder großen Feuersbrunst leuchtet mir ein Schein, von jedem Wolkenbruch fallen einige Tropfen auf meine Hände. Und kein Gesetz wird im Osten und Westen erlassen, dessen Wortlaut ich nicht aus meinen Zeichen zu deuten wüßte. Ich fasse das Gefühl noch lange nicht in all seiner Fülle, in allen seinen Höhen und Tiefen: das Rinnen der großen Quellen des Lebens zu vernehmen, dem sausenden Webstuhl der Zeit nahe zu sein, die schweren Schritte des Schicksals schallen zu hören, die Völker werden und wachsen zu sehen. Ebbe und Flut des Menschengeschlechtes erkenne ich aus den unscheinbaren grauen Papieren. Die Luft ist erfüllt von verlorenen Glockentönen, heimlichen Gebeten, lauten Flüchen, Trostesworten, Hoffnungssprüchen, vom Gebrumm der Dampfer, vom Brausen des Meeres, vom Sausen und Schrillen der Maschinen. Wie ich einen Schein nach dem andern buche und umdrehe, rinnt es wie warme Tränen durch meine Finger. Ein unübersehbarer Zug kommt auf mich zu, beladen und bepackt, in Staubwolken gehüllt, Kinder, blutjunge Mädchen, kecke Burschen, sorgende Mütter, wagemutige Väter, müde Greise, und ich muß achten, daß es nicht einer zuviel ist und nicht einer zu wenig, daß sie den rechten Tag bekommen und den rechten Dampfer. Blatt um Blatt eine andere Sprache, ein anderes Leid: gleich nur e i n s, die Hoffnung auf Besserwerden. Hier ist einer krank: zurück; hier einer mittellos: zurück; hier einer verdächtig: zurück! — aber die Menge läßt sich dadurch nicht aufhalten, sie ist gesund und drängt weiter. Lebendige Weltgeschichte steht vor mir: hier wächst es, da stirbt es. Große Winde kommen und treiben die Menschen zu Paaren.

In Rußland und auf der Balkan-Halbinsel muß es leer werden. Vielleicht wird es auch heller: viele Menschen verdunkeln die Stube.

Amerika: was soll daraus werden, was entsteht und geschieht da? Fast kommt es mich wie ein Grausen an: Shakespeare erscheint donnergleich, die Erde bebt, eine mitternächtige Höhle tut sich auf, unter dem Zauberkessel glüht das Feuer, und die Hexen, macbeth-erwartend, tanzen im Kreise, singen ihr grausiges Lied und werfen ihre Siebendinge in den Kessel. Ein namenloses

Werk: so etwas wird es da drüben auch werden. Soll da im Gehall des Niagara, im Angesicht des Mississippi, im Schatten der Wolkenkratzer das neue Geschlecht, die neue Menschheit erstehen, oder sollen da die Rassen, die Sprachen miteinander um die Herrschaft ringen, soll da der große Kampf ausgefochten werden? Oder wird da ein Völkergemenge entstehen, ein Mischmasch, ein Ungeheuer mit hundert giftigen, aber ohnmächtigen Köpfen?

Hier unter all den fremden Namen: mitten unter Beile, Channe, Moische, Iwan, Bronislaw, Wladislaw, Gjuro, Jan, György, Arakel, Assad, Orlando, Alfonso, Giuseppe, Nagy, Magarion, Franjo, Janos, Miklos, Jankel, Babikan, Istvan und Hörlieberauf mit einemmal ein Rudolf Ellerbrück aus dem Banat in Ungarn, eine Berta Großmann aus Lwow in Galizien, ein Gottfried Schüler mit seiner Frau Emma und seinen Kindern Hans, Ida und Karl aus Saratow an der Wolga: deutsche Bauern, aus fremdem Land ins fremde Land reisend, fremd die Heimat ihrer Vorfahren durchquerend: die bringen einen deutschen Gruß und deutsche Wehmut auf mein Pult, die lassen mich einen Augenblick innehalten und träumen. Ich möchte aufstehen, die Leute aufsuchen, sie begrüßen, sie fragen. Diese Deutschen aus Ungarn, Siebenbürgen, Rußland verleugnen sich auch darin nicht: daß sie ein festes Ziel vor Augen haben und wissen, was sie wollen, sie reisen gleich nach Manitoba oder nach Kansas oder nach Minnesota: während der große Haufe in Neuyork bleibt. Amerika wird von all dem fremden Blut in seinem Haupt noch Kopfschmerzen bekommen.

Jede Zeile ein Ruf nach Brot, eine Sehnsucht nach Frieden, nach Glück, nach Geld und Gut, ein Suchen und Tasten: wie ich genau hinsehe, erschrecke ich fast, denn ich sehe mich selbst mitten unter der Schar.

Da thront die riesige Freiheitsgöttin über dem Hafen von Neuyork, die Fackel hocherhoben, und sieht auf die tausend zitternden Hände, die sich ihr entgegenstrecken. In all die müden Augen kommt neuer Glanz, die Mütter heben die Kinder in die Höhe, die Männer greifen nach den Ballen und Kisten, alles ruft und lacht durcheinander. — Unbeweglich bleiben die ehernen Züge der Riesensphinx.

Hans Hinnik

Hans Hinnik — warum geht er mir gerade heute durch den Sinn? Macht es die schwüle Sommernacht am Ruder oder gibt es Mächte, die den Toten rufen können?

Hans Hinnik — das war ein Mensch für sich, eigenartig und wunderlich schon in jungen Jahren. Ich entsinne mich, daß er als Kind einen scheuen Blick hatte und die vor ihm stehenden Leute nie recht ansehen konnte. Aber das Ferne, Weite sah er ruhig, fest und groß. Er sprach nicht so viel als wir andern Jungen, aber er sprach lauter: er war wohl der kleinste unseres Rudels, aber auch der gebräunteste.

Er wagte alles und gewann — nichts.

Die Gedanken liefen ihm zu weit voraus.

* * *

Einmal hatte es nachts etwas gefroren. Ueber die seichten Grüppen zwischen den Wiesen glitten, "glinserten" wir mit großem Geschrei. Dann kamen wir an den breiten Landscheidegraben, der das hamburgische Finkenwärder von dem lüneburgischen Finkenwerder trennt. Unter der dünnen Eisdecke drohte die schwarze Tiefe.

Einige von uns warfen Steine und Kluten auf das Eis, andere hielten sich an den Erlen fest und versuchten, mit einem Bein auf der glatten Fläche zu stehen. Ganz hinauf getraute sich keiner — nur Hans Hinnik. Der überlegte eben, wie er (wenn er drüben wäre) von der andern Seite abspringen wolle, maß fünf Schritte zum Anlauf ab, schnellte auf das Eis und — brach in der Mitte des Grabens ein. Wir hatten Mühe, ihn herauszufischen, denn er war mit dem Kopf unter das Eis geraten — aber von dem Tage an stand er bei uns groß angeschrieben, und wir sorgten dafür, daß er bald auch bei den andern Jungen „as 'n fixen Kirl bi de Klütenpann" galt.

Diesen Ruf behielt er. „Jumpten" wir über die Gräben und kamen wir dabei an breite Stellen, die keiner überspringen mochte, dann war Hans Hinnik es, der aus den Holzpantoffeln schlüpfte und mit Hurra in den Graben stürzte. Gab es Obst zu trollen, dann war Hans Hinnik es, der sich als erster über die Kastetten schwang und seiner Lage nicht entgehen konnte. Nahmen wir Krähen- und Elsternester aus, dann war Hans Hinnik es, der in den höchsten Baum kletterte und vier Wochen lang mit verbundenem Kopfe umherlaufen mußte.

Seine Hasenjagd auf der Wisch, sein Storchangeln auf dem Fall, der Ochsenritt auf dem Westerdeich, die

Binsenschiffahrt nach Nienstedten hinüber — alles endete bös, aber als ein herzhafter Junge leuchtete er vor uns allen.

Ich sehe ihn noch.

* * *

Und auch das letzte von Hans Hinnik weiß ich noch so gut, als wenn es erst gestern gewesen wäre, — und ist doch schon fünf Jahre her ...

Heiß und rauchdunstig war es in Madams Saal an jenem Sonntag. An den Wänden perlten helle Tropfen, die Fenster waren beschlagen und unter der Decke sammelte sich das Gewölke.

Ornd, der schon an die dreißig Jahre bei Klaus Mewes als Knecht fuhr, saß vorn am Tisch und högte sich, daß er zwei Wohltäter gefunden hatte, junge, lebensfrohe Fischer, die erst kurze Zeit mit neuen Kuttern unterwegs waren. Eigentlich waren es Judas=Silberlinge, denn er hatte ihnen heimlich verraten, daß Guste Mewes diese Reise mit zur See führe. Er wußte wohl, daß beide bannig nach der blonden Deern guckten, und weil er das Geheimnis lediglich deshalb preisgab, um ihr die Seefahrt so moi wie möglich zu machen, so wollen wir keinen Seeamtsspruch über ihn fällen, über den Schalk von Ornd mit dem faltigen, glatten Gelehrtengesicht.

Guste stand hoch und stolz in der Reihe der andern geschmückten Mädchen und sprach mit ihren Freundinnen. Nach den Junggästen zu gucken, die die andere

Seite des langen Saales einnahmen, hatte sie nicht nötig. Ihre festen Tänzer, junge Kutterschiffer, waren ihr gewiß. Unter einem Kutter und unter einem Schiffer tat sie es nicht, und die bevorzugten Fünf oder Sechs sorgten auch schon selbst hinlänglich dafür, daß kein Knecht oder gar ein dreister Koch an sie kam. Wen sie am liebsten hatte, blieb allen verborgen; mehr als gelacht und gescherzt hatte sie eigentlich noch mit keinem, von einigen Gutnachtküssen abgesehen.

Frei war sie und frei war auch ihr Blick. Ein starkes, blühendes Geschöpf, kerngesund, dazu wetter= und seefest. Das vor allem war ihr Stolz, denn darin war sie allen Mädchen vom Deich voraus, die die See noch kaum gesehen hatten. Guste aber war noch jeden Sommer einige Reisen mit hinaus gewesen.

Es freute sie, daß es morgen wieder seewärts gehen sollte, und sie dachte mit Wohlgefallen an die See und an die lustige Fischerei. Da draußen um Helgoland war es besser als hier, wo sie sich begaffen lassen mußte wie eine auf der Bühne!

Vor der Schenke stand Hans Hinnik und rührte angelegentlich seinen Grog um. Er war spät gekommen und hatte noch kein einziges Mal getanzt. Eigentlich hatte er überhaupt zu Haus bleiben wollen, aber seine Mutter hatte ihn weggejagt, damit er einmal unter Leute komme und sich auch einmal als Schiffer zeige. Denn Hans Hinnik hatte sich einen Ewer von Blankenese gekauft:

zwar war es nur ein alter Kasten, aber es war doch immer ein Ewer.

„Schullst man een utgeben up dien nee Schipp," lachte einer, der früher mit ihm zusammen gefahren hatte, aber Hans Hinnik löffelte ruhig seinen Grog und kehrte sich nicht an den Spötter.

Als er indessen gleich danach die hintere Wand des Saales betrachtete, nach Kindergewohnheit, da kam es ihm vor, als seien aller Augen auf ihn gerichtet, den Schulhäuptling, als wunderten sie sich alle, daß er so untätig und still dastand, und als erwarteten sie eine Tat von ihm. Er dachte weiter darüber nach und nahm sich vor, ihnen einmal etwas vorzutanzen. Sein Blick überflog die bunte Reihe der Mädchen und blieb an Guste Mewes hängen, der besten Deern. Er hatte noch niemals mit ihr getanzt, obgleich sie als Kinder viel zusammen gespielt hatten, aber heute, wo er Reeder und Schiffer geworden war, wollte er einmal mit ihr tanzen. Das schien es auch zu sein, was sie von ihm erwarteten, oder er kannte sie schlecht.

Mit eins trat er in die Mitte des Saales und rief laut gegen die Musikantentreppe:

„Walzer!"

Viele hörten es und sahen ihn belustigt an. „Hans Hinnik will danzen, Hans Hinnik will danzen .... Du, lapp man nich de Snut .... Krieg man keen Dreucheeber vör 'n Steven! ..." Derart waren die Zurufe, die ihn umschwirrten. Die Musik fing mit lautem Gebumm an zu spielen, und Hans Hinnik bahnte sich einen Weg durch die andrängenden Mädchen, bis er vor Guste stand. Etwas scheu, aber auch trotzig nickte er ihr zu, mitzutanzen, aber sie tat, als sähe sie ihn nicht und winkte Jan Greun heran, der mit Ornd am Tisch saß. Jan stand auch sofort auf und kam heran. Als ob nichts geschehen sei, nahm Guste dessen Arm und trat mit ihm vor.

Hans Hinnik stand da wie ein Narr und begriff das Spiel, das mit ihm getrieben wurde. Heftig faßte er Guste an: „Wullt du nich mit mi danzen?" fragte er laut, daß es der halbe Saal hören konnte.

„Jan is eher kommen," gab Guste scharf zur Antwort.

„Dat is nich wohr, Guste," schrie Hans Hinnik erregt, aber Jan schob ihn nachdrücklich an die Seite, lachte breit und laut und sagte mit gutmütigem Spott:

„Danz du man mit dien Zegenbock!"

In diesem Augenblick legten die Musikanten mit gewaltiger Lungenkraft los, wie sie stets zu tun pflegten, wenn ein Streit im Saal entstand, und Hans Hinnik wurde von den tanzenden Paaren fast umgerissen.

Als aber der Schnellwalzer zu Ende war, standen die beiden jungen Seefischer einander Aug in Aug gegenüber.

„Jan Greun, du müßt nich meenen, wat du allens moken kannst," sagte Hans Hinnik, sich mühsam beherr=

schend, aber der riesige Jan lachte ihn aus: „Ruhig Blot, Hans Hinnik, anners kriegst du de Utsettung!"

„Wullt free Deel?" fragte da aber Hans Hinnik ausbrechend, und Jan sagte vergnügt: „Jo! Kumm man her, wenn du 'n Kirl büst!"

Freedeel — der alte Schlachtruf pflanzte sich im Saal fort, und das Tanzen hörte für eine Weile auf. Die Spielleute legten die Blasdinge weg. Die Deerns stellten sich auf die Stühle und Tische, damit sie besser sehen konnten. Die Jungen aber drängten zusammen und schlossen einen weiten Kreis um die beiden Kampfhähne, damit keiner ungerechten Beistand erhalte. Gleichwohl bildeten sich erregte Gruppen hin und wider. Auch die Friedensstifter waren am Werke.

Zuerst hatte es ein großes Gelärm und Hallo gegeben — nun wurde es aber allmählich stiller und stiller.

Denn was sich fassen wollte, waren keine Handwerksburschen. Das waren auch keine unvernünftigen Jungen, die nach dem ersten Glas Grog übereinander herfallen.

Jans riesenhafte Kraft war bekannt am Deich. Er zog ein Boot allein aufs Bollwerk und schleppte den schweren Hamenanker fünfzig Schritt weit, und wenn es sein mußte, hievte er auch die Kurre ohne Hilfsmann ein — niemand mochte mit ihm anbinden. Aber auch dem gewandten, stewigen Hans Hinnik trauten sie etwas zu. So erweckte diese Schlägerei eine große Spannung im Saal.

Hans Hinnik schüttelte trotzig den Kopf, dann riß er sich von den Männern des Friedens los und ging Jan auf die Jacke. Es wies sich bald, daß er dem Riesen nichts anhaben konnte. Wie er auch zuschlug und sprang, wie er auch riß und zerrte: fest, wie auf seinem Deck stand der große Jan auf dem glatten Saal und ließ seinen Gegner ruhig in Schweiß kommen.

So rangen sie lange miteinander, bis es dem Kleinen gelang, dem Großen einen heftigen Stoß unters Kinn zu versetzen.

Da gröhlte Jan Greun laut wie beim Rüschen mit der Kreek: „Reine Bohn! Arms un Been köst Gild!" — und kegelte Hans Hinnik den Saal entlang, daß es zu hören war. Hans Hinnik warf sich blitzschnell mit dem Gesicht auf den Boden und bedeckte sich mit den Händen den Kopf, um die Fäuste nicht so stark zu fühlen.

Jan kniete auf seinem Rücken und hatte ihn mit der Linken im Genick gepackt. Die Rechte hob er zum Schlage.

Da nahm aber ein großer Haufe der Junggäste den Part des Unterlegenen: „Jan Greun, lot em los!" scholl es drohend.

„Kommt ji ok man noch mit her," rief der Riese, „denn is't een Afwaschen!"

In diesem Augenblick trat aber auch Guste Mewes dazwischen. Sie hatte sich in den Kreis gedrängt und beugte sich zu Jan nieder: „Lot em los, Jan!" bat sie dringend.

Auch Jakob, der zweite von Örnds Wohltätern, legte sich ins Mittel: „Fierobend, Jan," sagte er.

Da stand Jan auf, wieder Herr über sich, und drückte Guste die Hand.

Die Musik fiel brausend ein und der Ring löste sich.

Hans Hinnik aber schlich gesenkten Hauptes hinaus und wriggte unter dem schweigenden, sternklaren Heben nach seinem Ewer hinaus.

Er wußte nicht, wer im Saal für ihn eingetreten war, und daß sein Heldentum unter den Junggästen zu neuen Ehren gekommen war; daß sie wieder anfingen, seinen Mut zu rühmen, das wußte er auch nicht. Er glaubte, sie lachten nun alle über ihn, und kroch beschämt in seine Koje.

* * *

Es war noch nicht Hochwasser am andern Morgen, da standen auf Klaus Mewes' Kutter schon alle Segel, und das Geklapper der Ankerwinde schallte lustig über die Schallen und Fallen. Guste ging auf dem Deck auf und nieder und blickte nach dem Deich mit seinen Linden und Eschen, der mehr und mehr zusammenschrumpfte, wie die Elbe sich erweiterte und vergrößerte.

Wie ein Traum aber ging der gestrige Abend ihr durch den Sinn und er verflog auch jetzt im hellen Sonnenschein noch nicht ganz. Sie war nicht recht zufrieden mit sich selbst.

Der Wind war so südlich, daß sie schier dalsegeln konnten, und so schlank, daß der prächtige Kutter mit guter Schnelligkeit elbabwärts segelte. Neben ihm flimsten Jan und Jakob mit ihren stolzen Fahrzeugen. Guste hatte erst ein wenig die Unterlippe hängen lassen, als sei es ihr nicht recht, daß ihr Geheimnis verraten war, aber dann erwiderte sie doch den lauten Guten Morgen der beiden Junggäste und freute sich, daß sie nun auch auf See Nachbarskinder um sich haben sollte.

In ihren weißbunten Buscherumpen standen die beiden da und hielten sich viel aufrechter als sonst, sie befahlen und riefen ihren Leuten auch viel mehr und viel lauter als zu anderer Zeit, so daß die kluge Guste mitunter laut auflachen mußte.

Hinten vorm Fleet und vor dem Nienstedter Fall erschien Segel über Segel, und eine Menge von Ewern und Kuttern folgte den dreien. Aber deren Vorsprung war zu erheblich und es waren zu gute Segler, als daß sie hätten eingeholt werden können. Auch die aus dem Schatten des Süllberges hervorgleitenden Blankeneser Ewer blieben zurück.

Es war ein schöner und zugleich machtvoller Anblick, die vielen braunen Segel und bunten Steven auf dem Wasser stehen zu sehen, und Ornd konnte es nicht lassen, Guste darauf aufmerksam zu machen.

„Dat hett doch wat up sik mit Finkwarder," sagte er schmunzelnd, und Guste nickte ernsthaft.

Der Wind frischte auf. Als sie bei Schulau um die Huk bogen und die Schoten weiter wegfieren konnten, kamen die ganzen Lappen aus Sicht.

Sie blieben aber nicht lange allein, denn bald nachher puddelte sich ein kleiner, schwarzer Ewer um die Ecke und schob sich langsam, aber ständig näher. Alle Segel standen — vom Klüver bis zum Nackenhut. Aber was für Segel waren das? Grau und braun und weiß und gries, über und über mit großen Flicken bedeckt und doch zerrissen. Und das Fahrzeug erst: wie sah es aus! Der Bug mochte zu Störtebekers Zeit einmal weiß gewesen sein, nun aber hatte er sicher schon jahrelang keinen Teer und keine Farbe mehr gesehen und erinnerte, ebenso wie der ganze Rumpf, an ein altes Bollwerk.

Klaus Mewes lachte, daß eine Schar von Möwen aufflog, die auf dem Wasser geschlafen hatte:

„Dat is Hans Hinnik mit sien Admiralschipp."

Jan fand es auch sehr spaßig. „Hans Hinnik mit sien Amerika," gröhlte er herüber.

Auch Jakob mochte sein Vergnügen daran haben. „S. M. S. Hans Hinnik," rief er laut.

Der alte Ornd aber lachte nicht mit.

„Dat is Hans Hinnik," sagte er ernst und bedeutsam.

„Hans Hinnik?" fragte Guste und auch sie konnte nicht lachen. Wohl sah der Ewer ärmlich und erbärmlich aus, aber zum Lachen war das nicht.

„Jo," sagte Ornd, „den Eber hett he sik ihrgüstern von Blanknees köft."

Da erschrak Guste heftig, denn nun wußte sie mit einem Male, warum Hans Hinnik sie gestern abend zum

Tanz aufgefordert hatte. Vorher hatte sie gemeint, der Grog sei ihm zu Kopf gestiegen gewesen.

„So'n lütten scheeben Putt to fief Groschen," spottete Klaus, da kam er aber bei seinem Knecht schlecht an:

„Beter 'n lütt Schipp as gorkeen," sagte er laut, „beter 'n Groschen bor betoln as 'n Doler schüllig bliebn!"

„Mit de Dodenkist güng ik nich no See," ließ sich der Junge vernehmen, der zeigen wollte, daß er auch schon ein fahrensmännisch Gespräch führen könne, „de leckt as 'n Sift un is mörr un verrott un de Seils könnt jeden Ogenblick dol dönnern."

„Hans Hinnik is nich so'n Bangbür as du un dien Sippschupp," wies aber Ornd ihn zurecht. Er hielt sonst nicht viel von Hans Hinnik, weil der vom andern Ende des Deiches stammte, was ihm gleichbedeutend mit Butenlanner war, aber daß der Junggast mit seinen paar Schillingen den alten, morschen Seelenverkäufer angegriffen hatte, den kein Mensch hatte haben wollen und der kaum noch Feuerholz abgab, — das galt bei Ornd, der schon dreißig Jahre auf ein eigenes Fahrzeug hinsteuerte und es nicht hatte und nicht kriegte.

Die geflickten Segel näherten sich immer mehr. Der alte Putt von Ewer erwies sich als ein ganz ausgezeichneter Segler. In einem Abstand von 20 Faden überholte er langsam den Meweskutter, und die helle Sonne beschien erbarmungslos all seine Risse und Schrammen.

Guste wollte wegblicken, aber sie vermochte es nicht. Mit Gewalt zog es ihre Augen nach dem alten Schiff hinüber und sie konnte nicht anders, sie mußte Hans Hinnik ansehen.

Er stand an Steuerbord auf den Luken und war mit Knütten von Kurren beschäftigt. Mit Eifer war er dabei. Nadel und Scheeger flogen herüber und hinüber und Masche reihte sich an Masche. Daneben aber überflog er das Fahrwasser und die Segel und gab dem Rudersmann an, wie er zu steuern hätte.

Da mußte auch Guste sich wundern, denn daß ein Schiffer auf der belebten Elbe, unter Segel, mit den Augen steuerte und mit den Händen knüttete, das hatte sie noch niemals gehört und gesehen.

Und hätte nicht der Aerger über den unheimlichen Segler die Oberhand bei ihrem Vater gehabt, so hätte der wohl laute Bemerkungen darüber gemacht. So aber schwieg er.

Gerade, als Mast auf Mast stand, blickte Hans Hinnik nach dem Kutter hinüber und sah Guste an. Groß und fragend, als sähe er sie zum erstenmal und als wunderte er sich über sie. Und sie blickte nicht zur Seite: ruhig und groß erwiderte sie seinen Blick. Das war ein Augenblick der Herzen. Gustes Augen baten: vergib! Er verstand es und seine Augen leuchteten auf. Da lächelte sie ganz geheim.

Den nächsten Augenblick aber war das alles vorüber.

Die Gaffeln knarrten, das Wasser schäumte, und Hans Hinnik wandte sich wieder seiner Kurre zu.

Der kranke Ewer riß die Führung an sich. Da wurde es doch stiller auf den Kuttern. Daß sie sich von dem Jammerkasten schlagen lassen mußten, war um so ärgerlicher für Jan und Jakob, als es vor Gustes Augen geschehen war.

Guste aber überkam eine kindliche Fröhlichkeit, über die sie sich selbst nicht klar werden konnte und die ihrem verdrießlichen Vater ein vollständiges Bilderrätsel war.

* * *

Dwars von Wangeroog fischten sie nun schon drei Tage nach Schollen inmitten von vielen andern Finkenwärder, Blankeneser und Kranzer Fischerfahrzeugen. Der Fang war nicht schlecht, er brachte zehn Stiege im Streek, aber gut konnte man ihn auch nicht nennen, zumal die Schollen auch nur klein und mager waren. Guste hatte in diesen Tagen oft den Kieker vor den Augen gehabt und die weite See abgesucht, hatte auch manches bekannte Fahrzeug entdeckt, aber von dem kleinen, schwarzen Ewer hatte sie nichts erblicken können.

Gegen Abend wurde es schwül und so totstill, daß das Kurren aufgegeben werden mußte. Im Westen stiegen blaue Wolkenmassen aus der See, in denen es mitunter schon schwach aufleuchtete. Auf der langsam und schwer atmenden See schwammen die schwarzen Tümmler und ab und zu tauchte der Kopf eines spähenden oder luftholenden Seehundes auf. Die Möwen flogen nach Süden und auch die Ewer zerstreuten sich nach und nach: so daß nur die drei Kutter noch beisammen waren, als es anfing, zu dämmern.

Alle Segel hatten die Fischer einstweilen noch stehen lassen. So dümpelten und kreisten die Fahrzeuge umher, völlig willen- und wehrlos in der Gewalt der Meeresströmung.

Bei Klaus Mewes saßen sie zu viert auf den Luken und waren beim Abendbrot. In der Kajüte war es zum Ersticken heiß.

Guste aß kaum. Immer wieder spähte sie über das Wasser und suchte nach dem Ewer. Ihr graute vor der kommenden Nacht und sie wünschte doch das Gewitter herbei, damit sie wieder freier atmen mochte. Am Deich hatte sie lächelnd vor dem Fenster gestanden und ruhig in den Blitz gesehen: aber hier, auf einem kleinen Stück Holz, kam doch eine große Furcht über sie.

Da hinten — — — im Westen, wo es weiß aufzuckte, da war wohl auch der Sturm schon unterwegs und ein kleiner Ewer mühte sich wrack und leck mit der Dünung . . . .

Da — ein wirbelnder Wind strich in kurzen, warmen Stößen über die See und starb, wie er geboren war. Die Fischerleute hatten schon die Hände an die Taue gelegt, denn beim Gewitter werden alle Segel niedergeworfen; jetzt besannen sie sich noch eine Weile.

Die Lichter wurden angesteckt und ihr müder Schein spiegelte sich auf der Dünung.

Der Windstoß aber hatte ein Fahrzeug mitgebracht, das nun aus der Schummerei herantrieb. Es war ein Ewer, wer es aber war, ließ die zunehmende Dunkelheit nicht erkennen.

Mit ihm aber krochen die Wolkenberge aus dem Wasser, stiegen höher und höher, und dann griff es mit Riesenarmen über den ganzen Himmel. Eine neue Windflage schnob heran und harfte das Vorspiel auf den Wanten. Donnernd und schlagend flogen die Segel auf Deck und Luken nieder und kahl ragten die Masten und Taue in die Nacht hinein.

Der fremde Ewer klüste näher und auch auf ihm fielen die Segel.

Als Guste durch das Nachtglas guckte, erkannte sie deutlich und mit großer Freude, daß es Hans Hinnik war. Er lebte, lebte!

Hans Hinnik! Da — wenn die Blitze leuchteten und See und Schiff wie mit Geisterhänden in die Höhe hoben, dann erkannte sie ihn. Er stand unter den Giekbäumen und riß die Segel zurecht. Als er mit seinen Leuten das getan hatte, band er sich eine Laterne an die Wanten und fing wieder an, Kurren zu knütten.

Wie mochte er bei so schwerem Wetter noch arbeiten?

Rollend, in immer kürzeren Abständen, hallte der Donner über die See, und die ersten, großen Tropfen prasselten auf das Deck. Da warf Hans Hinnik seine Kurre unter das Grotseil, stülpte den Südwester auf den Kopf, zog den Oelrock an und ging auf dem Achterdeck auf und ab.

Guste sollte in die Kajüte, aber sie wollte nicht. So mußte sie denn in den geölten Rock hinein und bekam einen Südwester aufgesetzt.

Das Heben tat sich auf und der Gewittersturm brach in einer gewaltigen Flage herein. Die See erwachte aus ihrem Halbschlummer und setzte sich weiße Kronen auf, damit sie ihrem wilden Freier gefalle. Wie Nußschalen trieben die schweren Fahrzeuge hin und her und kamen ziemlich weit auseinander. Aus allen Ecken quollen die Blitze, und die Masten klangen bei den schweren Donnerschlägen, als sei mit der Axt daran geschlagen worden.

Hans Hinnik hatte sich an den Setzbord gestellt, möglichst weit aus der gefährlichen Nähe der Masten, und sah starr nach dem Kutter hinüber, denn er hatte Klaus Mewes inzwischen gesichtet.

Nun war es völlig Nacht. Eine Wind- und Regenflage jagte die andere. Steil über ihnen stand das Gewitter und entlud sich mit gewaltiger Heftigkeit. Auch die See kam immer mehr in Wallung.

Es war eine böse Gelegenheit.

Plötzlich flammte im Süden ein roter Feuerschein auf und glomm unheimlich durch Nacht und Sturm.

„Wat is dat?" fragte Guste ängstlich.

„Up Wangeroog brinnt 'n Hus," antwortete Ornd, aber Klaus schüttelte den Kopf: „Up Wangeroog? Wi sünd wiet af. Dat is 'n Schipp, dat fluckert up!"

„Man god, wat wi dat nich sünd," rief der drooke Junge.

„Is dor nich to hilpen?" fragte Guste.

Ihr Vater verneinte es.

„Nee, bi düt Wedder nich. Wenn ik 'n groten Damper ünner de Feut harr, denn kunn't woll angohn."

Guste sah nach dem Ewer und schrie gellend auf: „Hans Hinnik! Hans Hinnik! He will hin!"

Und wirklich: drüben auf dem Ewer war es lebendig geworden. Die Fischer liefen hastig hin und her. Schon stieg die Fock wild klappernd am Stag auf. Dann schlug das Grotseil wie ein tolles Roß um sich und dann kam die Besahn in Wind und Wut. Alles ging in größter Eile vor sich. Schon drehte sich der Ewer, schon reckte er seine Segel, über die die andern so gelacht hatten. Hans Hinnik flog nach dem Ruder und band es fest. Die Segel fielen voll und die Sturmflage warf sich mit solchem Ungestüm darauf, daß das Fahrzeug fast platt aufs Wasser gedrückt wurde. Dann aber luvte es etwas auf und schäumte durch die Seen. Hart an dem Steven des Kutters brauste es vorbei wie der fliegende Holländer.

Guste klomm vornschiffs.

„Hans Hinnik! Hans Hinnik! Bliew hier! Bliew hier!" rief sie angstvoll.

Er hörte es aber nur halb und nahm es für einen Gruß.

„Guste, Guste!" rief er laut und gellend zurück und es klang beinahe freudig.

„Wat wullt du?" gröhlte Klaus Mewes.

„He schall nich los. He kummt nich wedder!"

„Kann ik em holn, Diern?"

Der Ewer ging in der Nacht aus den Augen und der rote Feuerschein schien allmählich zu verlöschen.

* * *

Es soll eine ostfriesische Tjalk gewesen sein, die „Jantjedina" von Westrhaudersehn, mit Getreide von Brake nach Lübeck bestimmt, die in jener Nacht auf hoher See verbrannt ist.

Der schwarze Ewer, der ihr zu Hilfe geeilt war, wie die drei Kutterschiffer bekundet haben, ist längst vom Hamburger Seeamt für verschollen erklärt worden.

Hans Hinnik hat sich aus jener Gewitternacht nicht wieder an den sonnigen Tag gegeben. Seine Segel waren zu mürbe gewesen und seine Planken hatten den anprallenden Seen nicht standhalten können: so konnte er es mit dem schweren Sturm wohl aufnehmen, aber er mußte ihm unterliegen.

* * *

Und auf seiner letzten Fahrt war ihm eine Rose erblüht.

Er aber wußte nichts von ihrem Duft ... der wunderliche Mensch, der alles wagte und nichts gewann.

Den Seilmoker sin Piep

Wenn uns groten Scheep, de no de Westküst wöllt, dat heet no de Westküst von Südamerika, de graue Nordsee achter sik hefft, de Felsen von Dover un de Fürn von Lizard, den Piek von Teneriffa un den scheunen Nordostpassot, wenn de Lienendeup un de Haifischfang vorbi sünd un wenn denn de Südostpassot= wind mit jem öber den Südatlantik reist un all mol een witten Albatros in Sicht kummt, denn kummt de leegste Törn von de Schippfohrt un de heet Kop Horn. Um Kop Horn möt se rum, wenn se den Solpeter hebben wöllt.

Wenn denn Staaten=Eiland passeert is, denn ward de Jungens un de Lichtmatrosen doch son bitten an= ners twüschen Mütz un Stebelsohlen tomot un se langt woll mol achter sik, as wenn se dat Plotenband von jemehr Mudder sot kriegen wullen. Ober ok de olen befohren Lüd, Janmooten, Stürlüd un Kopteins, sünd keen grote Frünnen von Kop Horn un blieft dor leber dusend Seemielen von af, as dat se dor an lang=

59

schropen dot. Kop Horn: dat heet wochendorch Storm un Regen, Hogel un Snee, dat heet Seen so hoch as Hüs, dat heet Cultüch un Seestebeln, dat heet Nachten so düster as dat Graff. Dat heet broken Masten, tweite Seils, öbergohnen Lodungen un öber Bord schölen Seelüd. Kop Horn: dat heet, dat Schipp ward ton Lazarett, dat heet, dat gift keen Sloop mehr, dat heet, dat Schipp mutt bidreihn, dat heet, dor hollt nix mehr, wi möt vor Topp un Tokel lenzen. All dat seggt de Nom Kop Horn.

Dat Hamborger Vullschipp „Barmbek" weur um Staaten=Eiland rum un keum nu in de beuse Gegend von Kop Horn rin. De Lüd an Bord harrn sünst woll ok son Slag Gedanken hatt, dor weurn welke twüschen, de Kop Horn noch nich mit Ogen sehn harrn — ober dütmol weur dor opt Schipp wat los, wat jem gornich an dat slimme Kop denken leet: Jakob Marlspieker, de Seilmoker, harr sien Piep verloren!

Pä, wat is dor wieder bi, wenn son olen Daddi, son Janmoot, sien Piep verleeren deit? He lehnt sik eenfach een anner int Logies, wenn he sülm keen mehr hett, oder he mokt sik een frische ut een afbroken Dweilsteel in de Freewach oder he fangt dat Prüntjern an!

De so snackt, de kennt Jakob Marlspieker nich un sien Piep erst recht nich. Jakob is de ollst Mann an Bord, he is all länger op de Barmbek as de Käppen un hett meist ebensoveel to seggen as de Oll un as He, de Stürmann, tosomen. De annern Janmooten estimeert em mehr as Smutje, den Kock, den sien Fründschopp op een Seilschipp doch ganz gewiß wat wert is. Dorbi is Jokob de beste Kerl vor un achter de Mast, een von de old-fashioned sailors von dat ole Slag Janmooten, dat all Gott wet wolang utstorben is, wenn een de Woterkant snacken heurt, un dat doch erst utstarben deit, wennt keen Marsrohn un keen Ronalseils mehr op de Welt gift.

Un Jokob sien Piep, ochott, dat lett sik jo gornich vertellen, wat dor all mit los is, dor is jo rein dat Enn von weg. De Geschichte von de Piep dat is würklich all son lütten Roman, wenn Jokob ehr vertellen deit. Boben op de Kordilljeren, merden innen Snee hett de Struk stohn, ut den sien Holt de Piep mokt is: een Indionerhäuptling hett den Struk unner Lebensgefohr un allerhand Hoveree von de Felsen dolholt. Un in de Passoten, as Jokob mooi Tied harr, hett he sik de Piep ut dat Holt trechtsneden. Achtein Dog, seggt se, hett he dorto brukt, so hart is dat Holt west un soveel Meucht hett he sik dorbi geben. Jokob hett all allerhand feinen Krom trechtschostert, he sett een Vullschipp innen Buddel, as weurt een Maiseber, un kann ut een Zigarrenkist dree Neihkastens un veer Aschammers moken, wennt sien mutt, he tokelt di een Schipp mit verbunnen Ogen op: — ober son Meisterstück as de Piep is em doch man

61

eenmol glückt. Den ganzen Sündenfall harr he dor op utsneden: mit den Appelbom un den Appel un mit de Slang un mit Adam un Eva. Dor fehl nix an, nichmol dat Fiegenblatt, wenn ok allens een bitten op den Dutt seet un wenn Adam ok X-Been kregen harr. De Slang steek sogar son bitten de Tung rut. Un op den Piepensteel stunn in lütte lotiensche Bookstoben: JAKOB MARLSPIEKER — SEEMANN — 1913.

Jedereen, de de Piep to sehn kreg, de verget sien Kummer un sien Sorgen for een Ogenblick un frei sik öber Jokob sien Piep un leet sik von em de Geschichte von Adam un Eva un jemehr dumm Tüch verkloren.

Nu weur de Dom ut: Jokob sien Piep weur weg un keen Dübel wuß, wo se afbleben weur, von sülm keum se nich wedder un hersleuten oder hersignoliseern leet dat Ding sik ok nich. De ganze Sündenfall weur un bleef verswunnen.

As de Koptein dat to weten kreg, weur sien erst, dat he not Achterdeck gung un de Indregung in dat Schipps-Jurnol mok:

„Den 18. Oktober auf 51° 3′ 5″ Süd und 62° 1′ 9″ West die Pfeife des Segelmachers Jakob Marlspieker verloren gegangen."

Mit düssen Satz keum Jokob sien Piep ober ok nich wedder an den Dag, wenn he ok een Bewies dorfor weur, wo wichtig Jokob un sien Piep an Bord

weurn. Jokob weur rein ut de Tüt um de Piep un
gung mitunner de Sook an as fon dull Deert, fo ge‑
ruhig as he fünft ok weur. Dat harr wat to bedüden,
fä he den ganzen Dag, dat harr wat to bedüden! Wenn
fe man blot erft um Kop Horn rum weurn! Wenn he
de Piep nich wedderkriegen dä, denn wull he in Val‑
parais afmunftern un dat Schipp nich wedderfehn! He
weur op keen Ort un Wies wedder ut de Fohrt to
kriegen: de Piep, de Piep, de Piep weur weg! He
kunn toletzt wieder nix feggen as blot noch: Piep!

He kunn fik jo doch man een nee Piep moken, meen
de Ol, un de Stürmann fä, he harr noch een fcheun
Stück Holt liggen. Ober Jokob fä ne, fon Holt geef
dat nich wedder, dor harr blot een fon Bom boben op
de Kodilljeren ftohn, dat harr de Indiowerhäuptling
em fchriftlich geben kunnt, wenn he fchrieben kunnt
harr. All dat anner Holt weur veel to week for fon
Sündenfall, dor kreg he Eva ehr fpitze Nees nich mit
rut un mit Adam fien Fiegenblatt harr he ok fien Laft:
annen tweeten Sündenfall wull he öberhaupt gornich
denken: he wull fien Piep wedder hebben! Den eenen
Dag fä he fogor: de harr em woll een wegnohmen,
dat he ehr in Hamborg verkäupen wull von wegen den
hogen Kunftwert von dat Objekt: düffe fwore Befchulli‑
gung nehm he ober all den annern Dag trügg un fä, he
wull nich, dat de Fall vor dat Seeamt keum, ober fe
muffen em feuken helpen, dat he fien Piep wedder kreg.
Gewiß, fän fe, dat wullen fe ok.

Wo he ehr toletzt hatt harr?

Innen Mund, sä he.

Jä, denn sull he de Piep dor man wedder rut kriegen!

Dat gung nich, innen Mund weur se nicht mehr, sä he.

Denn muß se wegweiht sien!

Ne, wegweihn kunn se nich, he klemm ehr ümmer twüschen de Tähnen fast, sä he.

Oder de See harr ehr wegspeult!

Ne, he harr blot bet annen Hals int Woter stohn, as se den Pampero hatt harrn, sä he, bet an den Mund weur em keen Druppen komen.

Denn harr he ehr wegleggt oder de Dübel harr ehr holt, sän se do un denn fungen se an: „Weur son scheune Piep, Jokob!" „Jo, jo!" „Dor weurn jo ornlich Figuren op, Jokob!" „Jo, jo!" „Een Ool weur dor mit op, Jokob!" „Ne, Gorch, die Schlange aber war listiger, de weur dat, Gorch!"

„Nokte Minschen weurn dor ok mit op, Jokob!"

„Adam un Eva weurn dat," sä Jokob son bitten strenger. „Jungens, de Piep mutt ik wedder hebben oder ik geef de kristliche Seefohrt op un blief an Land."

„Hest ok all ornlich in dien Kist tokeken, Jokob? Son Piep, de ut son Indionerhäuptling sien Fell nokt is, de hett ehr Mucken, krupt in de Eck un seggt nich mol Abjüst."

„Allens heff ik dorchsehn, Scharli. Dat hett wat to bedüden, dat gläuf ik jeden Dag mehr: wi komt nich um Kop Horn rum, wenn wi de Piep nich wedderfinnen dot, ik heff son Ohnung."

Do steek de Stürmann sien Kopp dortwüschen un reep ton Seilfastmoken un se mussen alleman in Nacht un Storm rut un de Backbordwach helpen. Kop Horn mok sien ersten, groten Beseuk bi jem. Dat weur een beusen Krom dor boben op de Rohn un bi de Seils, de Wind gung de Sook an, as wull he een dat hart uten Liew weihn, un dat Schipp hol bannig öber! Un kold weur dat, dat de Fingern dat stiebe Seildook kum bearbein kunnen. Ober dorbi: wat snacken se boben op de Bramroh? „Minsch, wo sull de Piep woll bloß afbleben sien?" „Dat much ik ok mol weten, Jan! Wenn wi man bloß erst de Piep wedder harrn!"

De Piep, de Piep, so gung dat nu bald opt Achterdeck un int Logies, nedden op Deck un boben in de Masten. Dat ganze Schipp quäl sik um de Piep. Rein as een Krankheit weur dat. Keum de Koptein morgens an Deck, denn weur sien erst Word: „Is de Piep wedder dor?" Un erst wenn he dor de Antword op kregen harr, denn freug un kek he no Wind un Wedder. Gung een an de Kombüs vorbi, denn freug he Smutje nich no Plummen un Klüten oder Sansten Heinerich, ne, he freug: „Na, Kock, hett de Piep sik wedder sehn loten?" Se sochen un roden mit alle Mann un krempeln dat ganze Schipp um, ober dat holp

65

ok niç: de Piep keum nich wedder un keum nich wedder. De Stürmann keem soogar bi un rich Lord, den groten Neefundländer Hund, as Polizeihund af, geef em Witterung un leet em allerhand Luskrom von den Seilmoker ut de Ecken snüffeln. Ole Tüffeln, tweite Strümpf, Prüntjes un sowatgodes keem dorbi togang, ober nich de Piep mit den Sündenfall.

De Piep, de Piep! Hett keen Minsch de Piep nich sehn? So sung un frog dat ganze Vullschipp von de Gallion bet no dat Heck un Jokob jaul, dat se nich ehr um Kop Horn rum keemen, bet se de Piep wedder harrn. De Piep muß wedder her! Doröber weurn se sik an Bord all eenig. Wenn de Backbordwach an Deck weur, denn öberholen de Stürbordslüd de jemehr Kisten un Kasten un de Backbordgäst moken dat umgekehrt, ober helpen dä all niç.

Dor worr bald gorniç anners mehr snackt als von de Piep. Sä een „Meun", denn sä de anner: „Och wat, Meun, seuk man leber den Seilmoker sien Piep!" Wull de een op sien Harmoniko spelen, denn heet dat glieck: „Sett den Jammerkasten man weg, dormit jogst de Piep bloß noch wieder weg!" Reep de Bootsmann ton Reffen, denn reepen se: „Wat helpt dat? Dormit kriegt wi de Piep ok nich wedder!" Sung een von St. Pauli an, denn sän se: „Goh af mit dien St. Pauli, lot uns man leber von de Piep vertellen!"

Dat weur een Wedder, es wennt blot noch Storm op de Welt geef! As wenn de Piep dat Schipp behext harr, so leet sik dat an. Keeneen von de Kru harr son beus Wedder all mol bi Kop Horn beleeft un dor weurn verdori ole Janmooten an Bord, de sik all Wind um den Steven weihn loten harrn, ik segg di, jo! Jeden Dag Storm un jeden Dag Storm un ümmer grod von vorn! Jeden Dag legen se unner Stormseils bidreiht, dat Deck weur een Woter un keen Minsch keem ut Eultüch rut. Un dorbi keen Stück wieder no Westen hen, ümmer dreef de Wind, dreef de Storm sem wedder trügg. Mol harrn se Kop Horn in Sicht, de blaufwarten Bargen, de so wild ut de See op steegen: den annern Obend weurn se all wedder twintig Mielen trüggsmeeten. Harrn all veel wat wegkregen, de een harr den Arm broken, de anner harr de Knee afrüscht, de drütt harr de Hand in de Klemm hatt. Een weur öber Bord komen un verdrunken. Wat sän se den annern Dag? „Wenn de de Piep nu mit öber Bord nohmen hett, denn kriegt de Seilmoker ehr nich wedder to sehn!"

De Piep, de Piep!

De Seilmoker bee un soch, de Matrosen fluchen, de Stürmann schimp toletzt Mord un Brand un de Ol, de Koptein, fung an to grübeln, all öber de Piep. Se gläuben toletzt alleman, dat de Piep de Schuld harr, dat se nich um Kop Horn rum komen kunnen un dat se son slecht Wedder harrn.

Toletzt sä de Ol ton Stürmann:

„De Piep mutt dor her, Stürmann, un wenn ik dat Schipp oppen Kopp stellen sall. Wo hefft wi noch nich socht?"

„In den Seilmoker sien Kist, ober dor ward he doch woll all söbenmal sülm nokeken hebben."

„Kann sien, ober beter is beter," sä de Koptein, un den annern Dag, dat weur oppen Sünndag un de Storm harr sik wat geben, gung he int Logies rin un freug: „Na, Seilmoker, is de Piep wedder dor?"

De Seilmoker seet op sien Seekist un lees in de Bibel. „Ne, Koptein," sä he, ohne dat he opkek.

„Mi hett wat dräumt, Seilmoker, wat mit de Piep wat to don hett. Gifst du wat oppen Drom? Sünst beholl ik mien Weisheit leber for mi."

Slau muß he dat anfangen, dat wuß he, de Koptein, sünst kreg he den olen Jantje nich tohm.

Jokob tipp mit den Finger op de Stä, wo he bi to lesen weur, kek op un sä: „Jo, op Dräum geef ik wat, Koptein."

„Jä, mi hett dräumt, Seilmoker, dien Piep de lä unnen in dien Seekist, bi dien wittblauen Buscheruntje un de ole griese Unnerbüx. Hest du een wittblauen Buscheruntje un een ole griese Unnerbüx in dien Kist?"

„Dat woll," sä de Seilmoker, sett sik ober noch faster op sien Kist dol. „Ober de Piep liggt dor nich bi, ik wet ganz genau, wat in mien Kist is."

„Wöllt leber mol tokieken, Seilmoker," vermohn de Koptein em.

„Deit nich neutig, Koptein, ik weet ganz genau, wat in mien Kist is."

Jokob bleef bi sien Lex.

„Wöllt doch mol nosehn," sä de Koptein wedder, nu ober all son bitten basch. He wull an den Deckel ran, ober de Seilmoker gung nich weg. „Ik bün hier in de Offenbarung St. Johannis," sä he, „un ik verbiester dorin, wenn ik nu afbreek."

De Koptein geef ober nich no. De Offenborung von de Seekist weur ebensowichtig, sä he, un as dat ok noch nich helpen wull, do sä he: „Quisisana, bediene dich selbst!" — un he nehm den Seilmoker mit sien Bibel, bör em von de Kist raf un sett em op de anner Siet vont Logies op den Timmermann sien Kist.

De Seilmoker wehr sik nich, he lees wieder un sä: em gung de Sook nu nix mehr an.

De Koptein mok de Kist open un öberhol den Krom, de dor in weur. Richtig lä de Piep mit den Sündenfall dor in, lä dor ganz kanditel mit Adam un Eva un de Slang twüschen dat Tüg! De Seilmoker harr notürlich gornich bi sik sülm nosehn: he wuß jo ganz genau, wat in sien Kist weur.

Junge, Junge — erst wull de Koptein sik argern, denn wull he losballern, toletzt ober lach he in sik rin. Keen Word sä he, stunn sinnig op un lä den Seilmoker de Piep op dat Blatt un sä geruhig, as wenn nix passeert weur: „Dat is de Piep, Seilmoker."

Jokob Marlspieker ober kek kum op un antwor ok ganz geruhig, as wenn dorn Brummer seet: „Jo, dat is de Piep."

Un de Matrosen, de int Logies weurn, keumen neuger un sän ok ganz geruhig: „Jo, dat is de Piep."

Se winken den Stürmann ran, he kek rin un sä ok ganz geruhig: „Jo, dat is de Piep."

Nüms reg sik op un as se all seggt harrn: „Jo, dat is de Piep," all ganz geruhig, do klapp de Seilmoker toletzt sien Bibel to un sä: „Nu komt wi ok um Kop Horn rum!"

Un de annern sän ok all: „Nu komt wi ok um Kop Horn rum!"

Un as dat von de Piep stiller worr an Deck, as se wedder von Wind un Wedder snacken dän, von St. Pauli un von de Solpeterküst, as se wedder Harmoniko spelen un oppen Kamm blosen dän, as se sik wedder um dat Schipp quälen kunnen un dän: gotts verdori, wat meent Ji: do keemen se ok würklich rum um Kop Horn!

No veertein Dog legen se all vor Valparais un Jokob Marlspieker, de Seilmoker, harr sien roten Plüschscheuh an un spazeer op de Strooten lang as son Pascha un harr de Piep mit Adam un Eva un den ganzen Sündenfall innen Mund.

Biblische Geschichte

As de junge Schoolmester no de Rauhtied in de Dör von sin Klaß keem, wör dat dor een Larm, as wenn een ganze Weid vull Geus seet, un de lange Hannis Mees — dat wör de starkst von de Jungens — reep jüst: „He kummt noch lang nich: lot mi man noch mol hochleben!"

Dat wör den langen Mees sin Vergneugen: sick hochleben to laten. Hochleben leet he sick all Neeslang von sin Makkers; de müssen em woll horchen, wenn se nicks op't Fell hebben wulln. Dütmol ok. De lütte Harm Rulf sä wull: „Och — all wedder hochleben loten!" — ober he wör doch de erst Mann an de Sprütt, as se nu den langen Mees mit allemann angreepen un em in de Luft börn: „Een, twee, dree! In de Heucht! Un noch een Mol! ..."

„He is all hier!" keem do ober op'n Stutz de Schoolmester dortwüschen.

Junge, Junge — do kunnen se den groten Slaps ober mol gau loslaten. Se leeten em sogar so unliek facken, dat he dat Liekgewicht nich holln kunn un bums! — op de Erd seet. Un woneem de Büx op't strammst seet, dor kreeg he von den Schoolmester in all de Gauhaftigkeit noch een poor opballert, wat dat man so klappen dä.

„Aua, aua!" reep de lange Mees, reef sick den Achtersteven un gung no sin Platz.

„Dat is for dat Hochlebenloten!" sä de Schoolmester geruhig un sett sick achter sin Schapp dol.

„Was haben wir diese Stunde? . . . Mewes?"

De lange Mees harr dat jüst rutkreegen, dat Hein Loop dat wesen wör, de em so batz falln loten harr, un he sä jüst sinnig to sin Nobers: „Den Hein Loop hau ick denneus de Finstern blau, dat he acht Dog nich utkieken kann!" De Froog harr he bi de Gelegenheit natürlich nich heurt.

„Mewes?"

Jä, Mees wüßt von Gott keen Steenstroot.

De Schoolmester blöter in sin Beuker rum un sä, ohn optokieken: „Eine Bank nach unten!"

„Dat geiht nich mehr," reep Peter Six, „he sitt jo all op de unnerste Bank."

„So, so — dann soll er auf die Schlingelbank!" — anter de Schoolmester, un de lange Mees muß sick op de Slüngelbank setten, de blangen den Schoolmester sin Schapp stunn. Dree Sleef seeten dor all: Jan Meier, de bi sin grote Kaninkentucht (he harr düssen Ogenblick 27 in sin Kobens) nich tom Lehrn kommen kunn, Hans Müller, de den Appelboom op den Schoolhoff plünnert harr. (Ist's erlaubt, mal hinauszugehen? Ja, lauf ... Hans keem ober nich wedder rin, un as de Schoolmester toletzt rutkeek, seet Hans moi in'n Boom un plück Appeln!), un de slimmst Undötvogel, Kassen Husteen, de „Brandstifter", de bi sin ewigen Oster=fürn, bi sin Ostermoonen, een Dag Peter Bergen sin Strohdack in Brand steeken harr, dat dat ganze Hus dolbrennt wör. Viertsmann wör nu Hannis Mees, de sick in de Klaß hochleben loten harr.

„Wriede, was haben wir diese Stunde?"

„Biblische Geschichte," anter Julus Wriede.

„Richtig," sä de Schoolmester un keek no, wowiet se düt Johr all mit dat nee Testament kommen wörn. Un as sick dat utwies, dat se bi dat Gliekens von den barmhartigen Samariter anfangen müssen, do keek he so öber sin Fischer= un Schipperkinner hin, öber de softig geelen, brunen un roten Köpp, un dacht so bi sick: Du leebe Tied: ji armen plattdütschen Boitels, wat ward ji nu wedder veel von dat Hochdütsch verstohn? Un wat weet ji von Jerusalem un Jericho un Sama=riter un Levit? Stopp — ick will jo Vadder Luther mol eben in jo'n Sprook öbersetten un will jo den barmhar=tigen Samariter mol ornlich in de Köpp rintrichtern ... Dormit leeg he los:

„Jä, Jungens, dor seil mol een olen Dreuchewer ut de Elw rut, de harr Mehl loden un wull no de Weser röber. As he ober eben buten de Elw wör, do kreeg de Störm em foot, de reet em all de Seils twei, breuk em den Besohnsmast af, mokt em an Deck allens kort un kleen un smeet em toletzt as een ol Wrack op dat Watt rop. Dor seet he nu boben op den Sand, leeg ganz op de Siet un kunn sick nich helpen, — un raskommen kunn he ok nich. No eenige Tied keem een anner Schipp ut de Elw, een stewige Kuff mit scheune witte Seils. De seh den olen Dreuchewer dor hölplos sitten, ober de Schipper dacht: „Wat schall ick min scheune Tied bi den olen Putt tobringen? Ick will den goden Wind man leber wohrnehmen, dat ick London ehr foot krieg." Dormit seil he vorbi un leet den Dreuchewer sitten.

Dat dur nich lang, do keem wedder een Schipp ut de Elw seilt, een groten Schuner. Den sin Koptein seh ok dat Wrack un seh de Notflagg weihn. „Wenn ick nich öbermorgen in Kopenhagen wesen muß, hölp ick di," sä he, dormit stür he trost vorbi un quäl sick nich wider um den afpukten Dreuchewer.

Noher, gegen Oben, dat wull all schummrig warrn, keem noch een Schipp un dat wör een Fischerewer. De harr all sin söben Seils stohn un seil, wat he kunn; he harr dat beus hild: dat wör in de Schullentied. As de Schipper ober de Notflagg un dat Wrack in Sicht kreeg, do dacht he nich mehr an't Fischen, he dreih gau den Ewer bi un krüz no den Dreuchewer röber. Un he snack mit de Lüd op dat Wrack, dat se nich verzogen muchen. Un he hol dreuch Tüch vor jem un kok jem heeten Koffee, he pump dat Woter ut dat Schipp rut un mok dat Leck dicht. Un as de Floot keem, mok he dat Schipp flott un nehm't in't Sleeptau, spann sin Fischerewer dor vor un seil mit dat Wrack wedder de Elw rop. In twee Dog keem he dor mit bit no Finkenwärder rop, dor sleep he dat Wrack no de Warft un sä to den Timmerbaas: „Nu mok em man wedder to Schick, dat he wedder fohrn kann. Wenn ick de Reis afmokt hew, betohl ick di, wat dat kost." Un he geef den Dreuchewer noch twee von sin egen Seils un sä to den Schipper: „Wees man nicht trurig — dat ward all wedder beter. Un seh man to, dat du jümmer goden Wind hest mit din Schipp." Dormit sett he sin Seils wedder op un seil no See dol.

Jungens, wat seggt ji to den goden Fischermann?

De Schoolmester keek sin Küken een no dat annere an un dacht nu jo wunner, wat he dor to Weg brocht harr.

De Jungens seeten erst ok noch ganz still un keeken em an, as wenn se dor noch nicht recht leeg ut warrn kunn.

Do keem ober de lange Mees to Been.

„De is scheun d u m m wesen," reep he, „Junge, Junge, wat is de dumm wesen!"

Wat de lange Mees sä, dat wör for de annern Jungens een lütt Evangelium. Mit een Mol wörrn se all wedder sprooksch:

„Jo, jo, de is fix dumm wesen." — „Von den Dreuchewer hett he gewiß keen Penn wedderkregen." — „Un sin Seils wör he ok good los." — „Nee, wat is de dumm." — So gung dat nu los un de Schoolmester kunn moken un snacken, wat he wull: de Kliew bleef dorbi, dat de Fischermann dumm wesen wör. De lange Mees nehm Rache for de Slüngelbank.

„Nee, wat is de Kirl ok doch dösig," reep he ümmer wedder, un de Schoolmeester meen, he snack von den Fischermann, un wör argerlich, un de annern Jungens sehn Mees sin Finger, de stief op den Schoolmester wies, un wussen, dat dat de dumme Kirl wesen sull, un högten sick bannig.

„Mees — un wenn du nu mit din Schipp op dat Watt settst un de Scheep seiln vorbi un nüms hölp di?"

„Ick komm nich op't Watt," lacht Mees, „ick kann stürn! Nee, wat is de Knappen ok doch dumm wesen!"

„Worum, Mees!"

„Worum? De Fischermann schall fischen un sick nich opholln. He harr man gliek no See seiln schullt. De Dreuchewer harr woll von alleen wedder raffkommen."

„Jo, dat harr he ok," reepen de annern.

„He harr jo gern mol hinkieken kunnt un harr 'n halbe Stünn bi't Pumpen helpen kunnt, ober denn harr he to den Schipper seggen mußt: „So, ol Seel,

wenn 't nu Floot is, dann feh man to, dat du no Tux-
hoben hinkummst. Ick hew keen Tied, mutt fischen.
Dat he den Dreuchewer de ganze Elw ropsleept hett,
is 'n bannige Dummheit wesen."

Mit den langen Mees wör nicks optostellen un mit
sin Makkers ok nich: de bleben stief un fast dorbi, dat
de Fischermann dumm wesen wör.

De Schoolmester socht no een, de em to Hölp kommen kunn. All de Jungens höln mit Mees, dat wuß
he ... Stopp, de „Brandstifter" nich, Kassen Husteen,
de wör so kratzig, dat de lange Mees sick nich mit
em afgeben much.

„Na, Husteen, wat meenst du denn nu dorto?"

„De lange Mees is dumm," sä de Brandstifter un
as Mees em vergrillt ankeek: „Du büst ok dumm,
Mees, klotzig dumm. Din Vadder is Schoster, wat
weetst du von Schipp un See? Dat hest du jo bloß
von uns Fischerjungens ofsnappt. Min Vadder is Fischermann — ick weet, wat dat wesen is."

Do fung de Schoolmester all an, sick to den frischen
Makker to frein, un he sä fründlich to em: „Denn
vertell mal, wat du dorvon aff weetst." Un dacht bi
sick: Wenn Kassen Husteen mi helpen deiht, denn schall
he ok nich mehr op de Slüngelbank sitten, denn kann
he sin olen Platz wedder kriegen.

Ober dat verdreihte Denken hett all mannicheenen
bedrogen.

Kaſſen Huſteen keek öber de Klaß hen un ſä: „So as de Geſchichte hier vertellt worden is, is ſe noch döſiger as den langen Mees ſin dummen Snack!"

„Wat is dat?" reep de Schoolmeſter argerlich.

„Gewiß," ſä Kaſſen, „min Dadder hett ſe belewt, ober een beeten ganz anners. He hett mi dat ſo vertellt: As he mol ut de Elw keem, ſeh he den Dreuchewer boben op dat Watt ſitten — un dat erſte wör, dat he Gott danken dä for de gode Büt, un dat tweete wör, dat he den Kutter rumſwoin leet, un dat drütte wör, dat he all de Seils opſetten dä. So'n Wrack is de beſte Streek for'n Schipp, ſeggt Dadder, dor goht ſe all op los as de Hoſen op den greunen Kohl. De Schuner un de Kuff wulln mit alle Gewalt for Dadder kommen, ober Dadder mark den Broden un neih ſo fix ut, dat he op't erſt bi den Dreuchewer ankeem. As he ſowiet wör, mok he gau een Tau faſt, dormit hör em dat Wrack to — un de beiden Scheep, de ok gern retten un bargen un Geld verdeen wulln, muſſen wedder affſchuben. Do ſä Dadder to den Schipper: Na, Hinnik, wat giffſt du ut, wenn ick di helpen doh? Jä, ſeggt de Schipper, dat betohlt all min Verſicherung. Help mi man, dat ick wedder to Been komm. Nä, ſeggt Dadder, wi möt dat affmoken. Ick ſegg 500 Mark. 300 is ok woll nog, ſä de Schipper. Nä, ſeggt Dadder, 500. Denn nehm ick mi 'n annern an, ſeggt de Schipper. Ick bün de erſt weſen, ſeggt Dadder, na, kumm her, 400 Mark. Dor wörn ſe denn ok bi eenig. Dadder bleef bi em.

bit he mit de Floot klor wór, nehm em in de Sleep un brocht em no Curhoben rin. Un de Versicherung hett Vadder de 400 Mark utbetohlt, un Vadder hett sick bannig freit. So is dat mit den Dreuchewer wesen — un de dat nich gläuben will, kann min Vadder jo man sülbst frogen, wenn he wedder opkommen is."

Do seet nu de arme Schoolmester vorn un achter in de Klemm un kunn sick nich wedder free moken. Do mok he sin patzigst Gesicht, sleug sin Book op un fung an to lesen:

„Und es ging ein Mensch von Jerusalem hinab gen Jericho und fiel unter die Mörder."

* * *

In den olen Dreuchewer harr he doch een lütt Hoor in funnen.